colección **la otra orilla**

FEDERICO JEANMAIRE / *Montevideo*

FEDERICO JEANMAIRE

Montevideo

GRUPO EDITORIAL NORMA
Barcelona, Buenos Aires, Caracas, Guatemala,
México, Panamá, Quito, San José, San Juan,
San Salvador, Santafé de Bogotá, Santiago

Primera edición: junio de 1997
©Federico Jeanmaire, 1997
Editorial Norma S. A., 1997
Apartado 53550, Santafé de Bogotá
Derechos reservados para todo el mundo
Diseño de tapa: Eduardo Iglesias Brickles

Impreso en Argentina por: Verlap S. A.
Printed in Argentina

C. C. 26008066
ISBN: 958-04-4062-X

"La historia domina también las obras
que la niegan."

THEODOR W. ADORNO

Contenido

I

"Nel mezzo del camin di nostra vita mi
ritrovai per una selva oscura,
che la diritta via era smarrita."

Dante, Canto I del *Infierno*

Montevideo no se parece a nada.

Es eso, puro Montevideo nomás. Igualito a una siesta pesada y caliente. Igualito a sí mismo. Estamos en febrero y el calor se desparrama por entre el polvo de las calles sin preguntarnos de dónde venimos.

Sin preguntarnos casi nada.

Uno se ha pasado algunos días en la mar imaginando costas, imaginando un porrón de cerveza, una hembra nueva, una fiesta en el puerto a mediodía. Uno ha vuelto a extrañarse de los olores familiares, de alguna cómplice sonrisa amiga, de un cuerpo de mujer chilena al que se le conocían ya todas las grietas y los pliegues. Y uno es simple, por eso es que quiere ser presidente aunque es pelado y es feo. Presidente de un país en el que cualquiera con unos buenos cojones puede llegar a serlo.

Cualquiera que no sea pelado.

O tan feo.

Pero bueno, uno es definitivamente simple, por eso es que a pesar de toda la estética política rioplatense quiere ser presidente; y sucede que porque es tan simple, uno no quiere saltarse ningún escalón, sospecha que lo primero es lo primero, intuye que para cavilar victoriosas lejanías debe antes convertirse humildemente en un buen marinero. Claro que, casi al mismo tiempo, alcanza a darse perfecta cuenta de que al buen marinero lo espera siempre una bella dama en cada puerto y que en Montevideo no hay nadie esperándolo, no hay bienvenidas ni preguntas, y entonces, el novato temor de fallar como marinero se extiende suavemente por entre el polvo de las calles pretendiendo mezclarse con aquel otro viejo temor: el eterno temor de nunca llegar a ser presidente por culpa de la calvicie y de la fealdad inevitable. Por culpa, quizás a partir de ahora también, de no haber sabido ser antes un buen marinero.

Camino solo por Montevideo mirándome las botas.

Me alejo del puerto con la mano izquierda en el bolsillo y la diestra sosteniendo mi poco equipaje. Toco apenas con las uñas el papel sucio en donde llevo anotadas un par de direcciones útiles; útiles para llegar un día a la presidencia, se entiende, perfectamente inútiles a la hora de comenzar por ser un buen marinero entre los brazos gordos de una uruguaya que me pregunte cosas.

Está claro: el calor, la siesta, el silencio. También está claro lo del pantalón: abulta bastante más de lo que supone el haber llegado apenas hace un rato desde Valparaíso. Abulta bastante más de lo que puede esperarse para esa tarde.

Encuentro una calle empedrada, la calle empedrada en la que según todos los indicios hallaré mi alojamiento. Encuentro las piedras pero me pierdo en todo lo demás. Entonces, me pongo a buscar como un poseso algún pensamiento que me aleje al menos parcialmente del calor; alguna idea que se anime a detener tanto bulto incómodo de entrepiernas. Y creo encontrarla: ¡el Tirano, el execrable gobernador de Buenos Aires, el inmundo patán porteño, tan cerca, apenas del otro lado del inmenso río marrón!

Pero no.

Tampoco ese remedio, que ha tomado la forma de un antídoto cuaresmal recurrente e infalible en otras muchas ocasiones similares, puede hacer algo contra tanto calor y tanta necesidad de un buen recibimiento. La marinería parece imponerse a la política y, bajo estas ardientes circunstancias, empiezo a sospechar que vale bastante más un marinero que satisfaga malamente sus instintos sexuales en mano que cien calvos con deseos de ser presidente volando.

No hay nadie.

Miro hacia todos los balcones de la calle empedrada y no encuentro ni siquiera una sombra olvidada de otro día.

Tampoco creo que haya nada por hacer.

No queda más que la estoica posibilidad de sentarse incómodamente debajo de un álamo fortuito a esperar que pase el mal trago, a esperar que mi sexo retome tranquilamente sus fláccidas maneras civilizadas, a esperar lo que venga. Miro mi escaso equipaje; el resto, es decir la mitad o más de la edición chilena de mi *Facundo* me la alcanzarán luego al alojamiento, aunque esos libros, que son mi única carta de presentación, tampoco creo que sirvan de mucho a la hora de hacerme de una vieja prostituta con la que compartir gustosamente mi primera siesta marinera. Con desesperación, empiezo a mover insistentemente la mano izquierda en el bolsillo y cuando todo hace presentir un final estrepitoso y solitario, encuentro por casualidad el papel con el par de direcciones útiles y un poco de salvación espiritual para mi cuerpo.

El papel está sucio y arrugado; me tomo un trabajo excesivo, me parece, en plancharlo contra mi rodilla cariñosamente.

Enciendo un cigarro mientras alcanzo a leer: Mariquita Sánchez de Mendeville, e inmediatamente me acuerdo del valiente capitán Martín Thompson, su primer marido. Imagino un piano, una fiesta o muchas fiestas alrededor de ese piano. Me acuerdo del Himno Nacional y juro con gloria morir en voz alta y para que me escuche el bribón del otro lado del Plata.

¡Libertad, libertad, libertad!

La cosa vuelve a su sitio, el político pelado vuela muy por encima del ingenuo marinero y, casi al mismo tiempo, creo reconocer con alguna sabiduría que ha llegado la hora de encontrar de una vez por todas en donde hospedarme.

Otra vez camino pero ahora sin mirar mis botas ni ocultar lascivamente la mano izquierda en el bolsillo del pantalón. Porque si es verdad que el rubio de Palermo madruga, entonces yo no volveré a dormir.

Jamás.

Ya insomne, me siento más tranquilo.

Y la tranquilidad me permite pensar en muchas cosas.

Pienso que al que Dios no le dio belleza le dio al

menos una pluma y es por eso que todo lo escribo. ¡Todo! Pienso que si Dios me hizo tan calvo es porque quería mi frente despejada y amplia, una frente que exhibiera impúdicamente nuestras insalvables diferencias. Pienso que soy lo más opuesto que se puede ser de la bella bestia pampeana como antes lo fui del peludo chacal de los llanos.

Pienso que pienso en demasiadas cosas aquí en Montevideo, tantas cosas como las que pensaba en Santiago o en Valparaíso o antes en San Juan o en Mendoza, y no se me ocurre reflexión más sana que la de pensar que la América es un gran lugar para el pensamiento, que mucha lástima me da Buenos Aires.

Y así, casi sin darme cuenta, llego pensando hasta el hostal, un sitio tan abandonado y tan silencioso como cualquier otro sitio de esa misma calle o del universo todo a esa hora; la única diferencia visible consiste, quizás, en almacenar junto a su puerta media edición o más de mi *Facundo*, se ve que el joven peón que alcanzó el enorme paquete chileno no tuvo la necesidad de detenerse en ningún álamo previo.

Estoy en una habitación bastante húmeda.

Acabo de escribir en presente lo poco acontecido desde mi llegada y me dirán que no es conveniente escribir en presente lo que ya ha pasado, y yo digo, como decía el general José de San Martín, que no, que el camino más seguro para llegar a la cabeza siempre empieza en el corazón.

Y el corazón es el presente.

Mi juventud fue sacrificada al servicio de la patria, creo que tengo derecho a disponer de mi madurez.

Todo lo escribo, hasta el cansancio de escribir. Y eso porque quizás escribir no sea más que un defecto de lecturas, algo así como la juventud. Escribir, una fuente transparente en la que mojarse la cara y los pocos pelos. Un lugar para esconderse y descubrirse. O para gritar. Porque más ruido hace un hombre que grita que cien mil que están callados.

Necesito gritar mis ganas:

Mis ganas de una buena mujer, mis ganas de terminar con los males que afligen a mi desgraciada patria. Mis ganas de ser presidente.

Debe ser por eso que estoy escribiendo a los gritos. Por eso.

Voy a cumplir treinta y cinco años y lo único que tengo para mirar desde esta única silla húmeda es el paquete que encierra la mitad o más de la edición chilena del *Facundo*. Mi vida. ¿Y quién hace zapatos, me dirá usted? Y yo le digo que andemos con ojotas; que más vale esto a que nos cuelguen, y peor que esto, perder el honor.

Y pasa siempre que el que se ahoga no repara en lo que se agarra. Agarro el papel sucio con las direcciones útiles convencido de que hay un tiempo para la marinería así como hay un tiempo para la presidencia. Leo Dalmacio Vélez y decido conservar cierta armonía, la única manera de que salvemos la nave.

Serás lo que hay que ser, si no no eres nada.

Voy a cumplir treinta y cinco años y lo que más quiero en este momento es ser un buen marinero.

Entonces.

Salgo solo y almirante a conocer a don Dalmacio.

Mientras busco una calle que me lleve a otra calle encuentro a dos muchachas que se ríen de alguna cosa que se me escapa. Se ríen medio aparatosamente para mi gusto. Quizá se estén riendo al gusto del hombre que se ríe con ellas. No lo sé. Yo las miro igual, aunque se rían al gusto del otro, aunque sean tan jóvenes; las miro porque es lo único que tengo de nuevo para mirar. Y otro Montevideo, que tampoco se parece a nada pero mucho menos se parece al Montevideo solitario y polvoriento de mi llegada, se dibuja entre sus risas falsas y no puedo ni quiero apartar mis ojos viajeros de tanta transformación oriental y vespertina.

El hombre está bien vestido, me doy cuenta recién cuando me llama y tengo miedo de que mis ojos hayan mirado demasiado, para su excesivo gusto, a las muchachas. Tengo miedo de que mis ojos hayan sido por demás elocuentes y marineros.

Pero no.

Las risas se cortan abruptamente y escucho una voz pulcra que me pregunta: "¿Caballero, no será usted aquel visitante prominente que me anunciaron ciertos amigos en sus cartas chilenas?".

Quien así me habla es el mismísimo Dalmacio Vélez, lo sé unos minutos después y cuando ya somos amigos entrañables. Me presenta a sus dos "sobrinitas" y me invita, enarbolando un par de patacones, a tomar una botella de champaña en un café de las cercanías. Pero, como suele suceder cuando dos amigos entrañables acaban de conocerse, una botella trae la otra y se habla excesivamente de política aunque en realidad sólo se quiera impresionar a las mujeres.

El tío Vélez...

Ya es de noche y sigo escribiendo en presente lo que fue de la tarde; podría seguir horas y horas predicando "el tío Vélez", pero no. Alguien, algún idiota perdido en este miserable hostal o algún espía adolescente del brigadier porteño, ha tenido la absurda idea de colocar durante mi ausencia un espejo enfrente mismo de la mesa en donde estoy escribiendo en presente la vida montevideana pasada.

Un espejo enorme justo a la altura de mi desventurada cabeza.

Algún idiota que desconoce que uno escribe para no sentirse tan feo, para olvidarse de su desgraciada suerte fisonómica. Algún tonto de hotel seguramente bello e incapaz de juntar más de tres palabras con cierto decoro sobre un papel. Tendré que quitar el espejo o romperlo en mil pedazos o darme la vuelta o matar con mis propias manos al estúpido ofensor o dejar de recordar en presente mi glorioso pasado o mudarme a un hospedaje sin espejos o tomarme el primer vapor a Río de Janeiro y no conocer jamás a Mariquita Sánchez.

No sé qué hacer.

Creo que lo mejor sería calmarme y sólo quitar el espejo, de otra manera no podría sino escribir acerca de las injusticias divinas, acerca de las fealdades humanas. De otra manera no podría escribir sino acerca de mí mismo.

Acabo de quitar el espejo. Me parece, con mucho, la decisión más equilibrada que podía tomar.

El tío Vélez, así lo llamo por aquello de sus "sobrinitas", no para de hablar, o, mejor, solamente detiene su exuberante verborragia para descorchar botellas, una tarea a la que le dedica los mayores de sus esfuerzos silenciosos. Incluso parece poseer algo así como un cierto arte destapador milenario que yo aprendo a envidiarle casi inmediatamente; una rara habilidad que le permite darle exactamente en el centro de la cabeza al camarero que nos atiende no importa cuán lejos el joven se encuentre. Evidentemente, Dalmacio, a más de habitual del lugar debe tener alguna amistad anterior a los corchazos con el muchacho ya que a cada nueva estocada éste no gruñe, como sería dable esperar, sino que responde invariablemente con el dibujo de una mueca dulzona y risueña. Un rito que termina, también invariablemente, con las aparatosas carcajadas de las mujeres; exabruptos que si bien siguen disgustándome, debo reconocer que provocan un beneplácito más que exagerado en mi interlocutor, beneplácito que en ningún caso yo desearía contrariar pidiéndoles un poco de cordura gestual.

Pero es hora ya de que escriba algo sobre la morena regordeta del lunar oscuro en la mejilla izquierda que está sentada a mi lado:

El lunar está más cerca de la oreja que de la boca y el calificativo "regordeta" no es más que un tierno eufemismo literario. La hembra es gorda y, si cabe otra mentira piadosa en esta prosopopeya, no es para nada agraciada ni mucho menos simpática. La pobre mujer, sin saberlo, representa poco menos que el ideal femenino de este, también pobre, marinero. Lo más parecido a la imperfección. Hasta el lunar es grotesco en su peludez, un lunar de lo más federal. De cualquier modo, estoy seguro de que la amo, y estoy seguro, también, que faltarle un diente en el centro mismo del escaparate de su risa, la hace lo suficientemente ingenua como para que mi amor desesperado no vaya a provocar ningún desencuentro desagradable con el amigo Dalmacio. El hombre está feliz apuntando nuevamente hacia la cabeza del camarero y estará feliz de quedarse, sin conflictos, con la más bella de sus dos sobrinas.

Y tal parece que mis elucubraciones estéticas y románticas han sido captadas sabia y rápidamente por mi contertulio sin necesidad de palabras porque inmediatamente la conversación se hace mucho más liviana y menos política. Hemos meado cada uno en nuestros respectivos rincones y con el terreno marcado los demás asuntos se hacen mucho más fáciles. Mi amor se llama Dora y entre festejo y festejo ya se las ha ingeniado para abrirme enteramente la bragueta y andar paseando, con la más tierna de las ternuras que permite la tarde, su mano derecha por mi colosal sexo de almirante.

Bajo estas cálidas circunstancias la charla pierde bastante de su interés. Yo ya estoy, a esta altura, absolutamente enamorado de las manos gordas de la mujer y sólo espero, como buen turista, algún indicio uruguayo que termine de una buena vez con ese café y me permita salir afuera a descargar mis cuantiosas ansias de macho.

Y el indicio llega de la manera menos esperada.

Don Dalmacio pide una nueva botella y el resto de la fiesta hace un necesario recreo de palabras y de manos para observar, con el mayor de los rigores etílicos posibles a esa hora, la nueva proeza malabarística del hombre. Pero yerra, y, a decir verdad, yerra un blanco demasiado fácil: el camarero se había quedado mirando los quehaceres del cordobés a escasos dos metros de nuestra mesa. A renglón seguido los cuatro nos levantamos de nuestras sillas, aunque es cierto que yo tardo un poco más dado que debo hacer un esfuerzo inhumano para cerrarme con alguna disciplina caballera los infinitos botones de mi bragueta.

Salimos del lugar.

Ya es de noche y en la noche las pérdidas son mucho menos dolorosas que durante el día.

Me pierdo del tío y de su sobrina más agraciada.

Me pierdo con Dora por entre unos árboles plantados ahí para nosotros por algún antepasado visionario.

La luna no dice nada, nos alumbra un poco, solamente.

Y soy marinero apenas siento entre mis brazos las carnes blandas de la mujer:

Luchamos con tenacidad hasta que la penetro casi salvajemente contra un tronco rugoso de sauce llorón. Y ya no luchamos más. Caemos abrazados de espaldas a la luna, y en ese instante animal de gritos y transpiraciones, tengo la absoluta certeza de que seré presidente a pesar de la calvicie.

A pesar, incluso, de mi horrible cabeza.

Pero bueno.

Así es la vida y me parece que a la vida sólo se la puede vivir plenamente estando borracho de alguna cosa o de alguna idea.

Esta noche abusiva, por ejemplo, yo me siento completamente borracho de amor, de Montevideo, de champaña, de lunares, de carnes blandas, de sauces, de espejos, y, por supuesto, de ganas de ser presidente.

Aunque también es cierto que voy a cumplir treinta y cinco años y que demasiada vigilia suele engendrar demasiados sueños.

Va siendo hora de irse a dormir.

La resaca de champaña es la peor de las resacas.

La peor.

Siento algo así como una lanza montonera clavada en el centro mismo de la frente. Además del sol que me lastima los ojos y me hace transpirar y luego oler el alcohol rancio que despiden mis carnes. Mi lengua ha engordado mientras dormía y ahora ocupa casi todo el hueco de la boca.

Apesto.

No puedo ni siquiera articular un pensamiento sencillo pero estoy feliz. El espejo sigue apoyado contra el suelo y dado vuelta. Soy hermoso esta mañana y Montevideo se parece cada vez más a una isla alegre y colorida; el digno puerto del mejor marino. Voy a cumplir treinta y cinco años y seré presidente, estoy seguro.

La peor de las resacas.

La peor.

Cierro las persianas.

El que siempre busca grandes cosas, alguna vez las encuentra: está claro que soy hermoso esta mañana.

Pero igual voy a tratar de dormir otro rato.

Ya me siento un poco mejor.

La cabeza duele menos y la lengua ha adelgazado lo suficiente como para no ser ahora un estorbo incómodo puesto adrede en el medio de mi boca por algún enemigo de la patria argentina.

Desayuno solo y está bien así.

Necesito poner algunas ideas en orden y deseo hacerlo pensándome hermoso por un rato más. Aunque, a propósito de la hermosura, debería aclarar que el concepto de belleza siempre se me ocurrió un concepto de lo más escurridizo. Un concepto de lo más arbitrario.

Ejemplo cercano:

Creo que nadie, en el café de la víspera, me envidió la compañía. Tampoco creo, para ser en verdad justo, que la compañera de Dora la haya envidiado a ella ni siquiera por un momento. Pero eso, ¿qué quiere decir?, ¿que mi gusto se atrofió a partir de una infantil pedrada sanjuanina?, ¿que la mujer tampoco tenía mucho más para elegir en aquella mesa?, ¿que uno se conforma con lo que le toca en suerte?, ¿que algunos seres humanos somos mucho más perversos que los otros? No. No acepto ninguna de esas posibilidades. Prefiero, en cambio, razonar que la belleza es un concepto bastante más privado que público.

Y si prefiero razonar de esta manera es porque de lo contrario tendría que reconocer la naturaleza política del gusto, y de ahí a considerar que soy horrorosamente feo por culpa de un tirano decreto porteño no habría más que un pequeño bache que saltar, bache que mi apasionada naturaleza me haría saltar con tremenda facilidad.

¿Soy feo porque don Juan Manuel pretende que lo sea?

No.

De ninguna manera.

Prefiero dejar las cosas, definitivamente, en el ámbito de lo privado.

Me gusta la imperfección en todas sus formas: la obesidad juvenil, la piel ajada de la vejez, el bozo exagerado, los tobillos macizos, las piernas chuecas, las cabezas demasiado grandes o demasiado pequeñas, las orejas anchas inescondibles, los pelos canosos, las tetas caídas, las narices largas o gordas o con ambas voluptuosidades a la vez.

Me gusta la yuxtaposición.

Y El Bosco.

Amo lo imperfecto porque me parece humano.

Amo lo imperfecto porque es lo que más se me parece.

Creo que huelga escribir que amo furiosamente a Dora esta mañana.

Los hombres no viven de ilusiones sino de hechos. Releo lo escrito y tengo que reconocer que por la mañana soy bastante más adulto que por las tardes. Ni qué decir de las noches.

Pero se acabó la cordura.

Y eso porque el que se detiene a oír el ladrido de los perros, no llega nunca al término de la jornada.

Una lástima.

Sucinto desarrollo de los acontecimientos que se sucedieron para que un marinero, en la antesala de su cumpleaños número treinta y cinco, perdiera tan fácilmente una cordura que laboriosamente había ido construyendo con el correr de las primeras horas de aquel, hasta ahí, hermoso día martes.

Así ocurrió:

Primero se acercó humildemente hasta mi mesa un caballero para informarme que la habitación que ocupaba ya estaba aseada y ordenada. A lo cual respondí, con total ingenuidad de mi parte, que muchísimas gracias, que en un momento subiría, que muy amable, que otra vez muchas gracias.

Pasados unos pocos minutos, y cuando aún permanecía yo profundamente extasiado en mis reflexiones sobre la naturaleza privada de algunos conceptos por completo ajenos a mi propia persona, un segundo hombre, carente éste de cualquier virtud que en algo se pareciese a la humildad, se plantó frente a los restos de mi desayuno a reinformarme que mi habitación estaba lista. Yo, con toda la prudencia que había podido almacenar durante esas tempranas horas, le agradecí cortésmente la noticia pero atreviéndome a observarle, sin pelos en la lengua, que en realidad ya había sido comunicado de lo mismo con anterioridad a su aviso por otra persona bastante más amable que él. El señor me pidió alguna disculpa pero con tales maneras y modos que, ingeniosamente y al mismo tiempo, se dio perfecta maña para hacerme entender que ésa era su tarea y que el equivocado no había sido él, sin lugar a la más mínima duda, sino su humilde y simpático subalterno. En este punto, y acopiado como me hallaba de un equilibrio y de una armonía inusual, me permití aceptarle las disculpas y obviar el merecido comentario de lo que a todas luces me parecía una muestra más de las grandísimas injusticias mundanas: que un hombre de la calidad del primero de los informadores fuese nada menos que el subalterno de un pedante incorregible como era él. Esgrimí, en cambio, una sonrisa neutral y dejé que siguiera corriendo sin estorbos el chorro acuoso imparable de mis infantiles sentimientos matinales.

Grande error.

Es una gorda necedad, de parte del ratón caído en la trampa, no comerse el queso con que se le engañó.

Grande error porque entonces subí a mis aposentos sin sospechar lo que se había tramado allí durante mi ausencia.

La belleza es efímera nomás.

Aunque lo que acabo de escribir no sea más que una perogrullada. Y no hay nada que hacerle, las perogrulladas son perogrulladas pero no por eso la belleza deja de morir en la mitad de una mañana que había nacido con mejores intenciones.

El espejo estaba colgado nuevamente en su sitio incómodo de encima de la mesa. Y con él la fealdad inevitable. La calvicie. Las dudas.

La puta madre que los parió.

Aunque haya tardado menos de dos minutos en volver a depositarlo en el suelo y darlo vuelta, dos minutos alcanzan y sobran para que uno se refleje y el reflejo nos corte de cuajo las bonitas alas matutinas. Dos minutos alcanzan y sobran para acabar definitivamente con la cordura, para comprender lo estúpido de una sonrisa neutral, para acordarse bastante mal de Rosas y de sus asquerosos espías jóvenes. Para reconocer que ni aun durante las mejores mañanas debemos dejar de sospechar de los excesos de amabilidad.

Pero entonces, ¿la belleza es efímera?

Si la belleza es efímera, yo, que todavía no he cumplido los treinta y cinco años, tendría que declararme a favor de las perogrulladas, y estar a favor de las perogrulladas no significaría otra cosa que pensar a la belleza en términos públicos. En otras palabras, si aceptara ese tópico, a la larga terminaría sin remedio aceptando que soy feo por culpa del rubio de Palermo. Entonces, y a pesar de que casi no me queda ya ni un poquito de cordura, digo que no. Que la belleza no es efímera. Y si puedo afirmarlo con tanta seguridad es porque me vuelvo hacia mí mismo salvando la distancia dolorosa de los espejos: no puede morir aquello que nunca se atrevió a nacer.

Amo las arrugas y las cicatrices. Amo la vejez en cualquiera de sus formas. Amo la eternidad y los juegos de mesa.

La reputación del generoso puede comprarse muy barata porque no consiste en gastar sin ton ni son sino en gastar con propiedad. El espejo está en el suelo y dado vuelta y yo no quiero ser generoso esta mañana. Que el estanciero del puerto de enfrente escriba, si quiere, un diccionario de perogrulladas, que de eso sabe; yo prefiero odiar sanamente y en privado al estúpido que volvió a colocar el espejo justo enfrente de mi enorme cabeza.

Me arruinaron la mañana, pero no podrán conmigo.

Tocan a la puerta.

Dalmacio quiere almorzar con un servidor. Y Montevideo se parece cada vez más a una invitación. En todos los sentidos.

Le digo que sí a su mensajero.

Aunque tendría que haberlo mandado a la mierda al pedante de ahí abajo. Grande error. Los candados atraen siempre al ladrón, mientras que las puertas abiertas lo hacen pasar de largo. Le regalaré un ejemplar del Facundo, para que aprenda.

Pero antes de eso me voy a lo de Vélez porque es bien sabido que el que come no se muere.

Ya he vuelto.

Aunque no todo fue comida.

Quiero decir que he vuelto etílicamente perdido.

De verdad.

Y me dirán que, si bien es creíble que pueda estar otra vez borracho, no es tan creíble que pueda escribir en este estado infinito de copas. O, al menos, me dirán que no es verosímil que, con el grado de embriaguez en el que manifiesto encontrarme, pueda escribir casi de la misma manera en la que escribo en otros estados mucho más sobrios. A todo lo cual yo sólo responderé que no me hago cargo de ninguno de esos posibles comentarios. Cuando se escribe absolutamente todo, como es el caso de quien escribe estas páginas; cuando hace una eternidad que se ha perdido la cordura por culpa de un exceso de informadores o por culpa de un encuentro inesperado con algún espejo, que descansaba tranquilo contra el piso y dado vuelta, a la altura misma de la desventurada cabeza de uno; cuando pasan cualquiera de estas cosas que pasan en el mundo aunque nos disgusten, o pasan las dos a la vez como en este caso, es perfectamente factible que uno escriba casi igual estando fresco que estando completamente borracho.

Entonces.

Aparentemente han pasado sólo algunas horas desde que dejé inocentemente estas hojas para llegarme a compartir el almuerzo con Dalmacio. Y repito aparentemente. En realidad, y sin ningún ánimo de invadir el diccionario de perogrulladas que seguramente a estas altas horas de la noche prepara esforzadamente mi bello enemigo argentino, debo afirmar que a veces las apariencias engañan. Y mucho. Se me ocurre bastante más cercana la despedida de Gutiérrez en Valparaíso que la salida hacia la casa de Vélez.

Recuerdo vagamente que anduve por las calles polvorientas, pero, en cambio, no recuerdo los pensamientos que se me ocurrieron por el camino. Estoy convencido de que Montevideo me tiene que haber parecido alguna cosa nueva y distinta de las cosas que me había parecido con anterioridad, pero como no estoy en condiciones de recordarlo, tampoco deseo inventarlo para sentirme de esa asquerosa manera un poco menos borracho o un poco mejor historiador de lo que puedo ser en estas bochornosas condiciones. Voy a hacer algo diferente. Voy a tomar el atajo del corazón.

¡Salud, Capitán de los Andes!

Voy a hacerme presente.

Camino en dirección a una invitación que espero pueda hacerme olvidar de que perdí malamente la cordura por una ridícula repetición camarera.

El sol está alto y hace muchísimo calor.

La tierra de las calles se levanta ante mis irregulares pisadas y se hace nube demasiado cerca, para mi gusto, de la desproporcionada nariz que llevo como puedo sobre la cara. En esa angustiosa situación, no tengo tiempo para reflexionar sobre la Capital oriental y sus parecidos, sólo deseo llegar cuanto antes a la casa de mi anfitrión.

(Y propongo que en caso de duda sobre la naturaleza de mis pareceres o de mi carencia de pareceres, se piense lo que se quiera pensar pero que no se lo diga; triste es pecar por un acto, pero mucho más triste es pecar por una palabra destemplada.)

Continúo.

Llego a la casa de mi anfitrión.

Inmediatamente me doy cuenta de que Montevideo es una fiesta. Lo más parecido a un nido con banderines. Lo más parecido que existe a Dora en este lado inferior del mundo.

Dalmacio me abraza con una desesperación que considero a todas luces exagerada. Yo pienso en el calor y en el polvo de las calles. Pienso que no es justo exigir cordura de los demás cuando uno la ha perdido incluso antes de que existieran los amigos y las invitaciones. Y es en ese preciso momento cuando me comprometo solemnemente, y para mis adentros, en ir aquella misma tarde a presentarle mis respetos a la señora de Mendeville. Pero también es en ese preciso momento, creo, cuando me doy perfecta cuenta de que jamás cumpliré con ese compromiso que tiene más que ver con no saber responder a los abrazos inusitados que con un deseo interior sincero y anterior al apretón dálmata.

Tomo una sopa de cebollas con gallina, aunque no me gusta la sopa de ninguna clase, y luego carne asada mientras hablamos del verano, de las gallinas e incluso hay un tímido intento velezano por introducirse simpáticamente en algo parecido a un análisis del Facundo; intento que yo me encargo de frustrar antipáticamente al recordarle a mi compañero de mesa que por un olvido involuntario todavía no he procedido a regalarle un ejemplar. Un mozo nos acerca el postre de manzanas azucaradas y la charla vuelve tranquilamente al calor del verano y a las gallinas.

Hasta allí el almuerzo se desarrolla con una normalidad que pretende unir felizmente la tarde con lo más grandioso de la mañana y yo empiezo a soñar con que Montevideo es el sitio ideal para que mi desgraciado temperamento se acomode definitivamente. Pero de repente todo se transforma a una velocidad que no permite que me aferre, siquiera malamente, a lo mejor de mis saludables reflexiones.

El mozo vuelve a entrar en el comedor sosteniendo esta vez una botella de whisky escocés en una mano y dos vasos en la otra. Inmediatamente, Dalmacio inventa un angustioso silencio, toma la botella, y con el menor de los trabajos impulsa el tapón con su dedo meñique haciendo blanco perfecto en mi dormida braqueta. La escena concluye con los ruidosos aplausos de júbilo por parte del joven, algunas carcajadas balcánicas, y de mi parte, la seguridad más absoluta de que allí se inaugura para siempre otra tarde.

Y así fue nomás.

La conversación se distendió en dirección a lo ocurrido durante la víspera, los vasos fueron paulatinamente llenándose y vaciándose, siempre en ese orden, y no resultó nada extraño que de ahí a un rato, Dora y su amiga estuviesen compartiendo amablemente con nosotros el ámbar elixir imperial. Con las mujeres también llegó el bullicio y las risas inagotables; bullicio y risas que esta vez no me parecieron para nada hiperbólicas sino del todo tímidas y cariñosas a pesar de los estruendos.

Dora lucía especialmente atractiva.

Llevaba el pelo recogido y se había pintado un lunar simétrico en la otra mejilla, un lunar ficticio casi tan absurdo como el original. Me observaba con cierta prudencia, con alguna distancia de gestos que mi desmesurada imaginación erótica agradecía caballerosamente con una sonrisa calma o una caída de ojos de lo más varonil. Si el corazón del ingrato es muchas veces semejante al desierto que chupa con avidez el agua del cielo, se la traga toda y no produce con ella nada, mi corazón, en cambio, no paraba de agradecer con una templanza envidiada hasta la crueldad por el resto de mis desacomodadas vísceras.

En principio, el referido órgano sanguíneo mío agradecía humildemente la existencia mañanera de una invitación para luego despeñarse, también con humildad, en agradecimientos de lo más diversos, aunque conservando siempre, esto hay que decirlo con todas las letras, un cierto orden inexplicable para otras zonas bastante más alcoholizadas del mismo cuerpo. Mi corazón agradecía a la alegría silenciosa que emanaba de su amiga, a Montevideo que lo permitía casi todo, al oscuro vapor que le había permitido descender marinero en aquel puerto tan caliente, a Chile que le había hecho posible hacer ese viaje y hasta al mismísimo don Juan Manuel de Rosas porque existía para exiliarlo del odio y del dolor en aquella mesa.

Creo que lo que se hace por amor, se hace siempre más allá del bien y del mal. Quiero decir que todo yo no era otra cosa que un pobre corazón marinero agradecido.

Pero un nuevo tapón británico me despierta de las profundas cavilaciones cardíacas en las que me hallaba inmerso.

Dalmacio me da en el centro mismo de la calva, y, por supuesto, las risas se encargan de darme en todos los demás rincones. Me acerco a mi amada y le tomo una mano con el mayor de los descuidos que mi naturaleza simple puede fingir; ella también miente el no haberse dado cuenta y un nuevo acuerdo palpable se establece calladamente entre ambos. No lo puedo remediar, de inmediato quiero irme con ella a cualquier otro sitio, a algún lugar tranquilo en donde poder desnudarla lentamente. Pero no hay caso, todavía quedan demasiados tapones esperando su turno para que un colosal dedo meñique anfitrión los impulse hacia un destino de escotes abultados o hacia algún nido de entrepiernas cada vez más húmedo. Entonces, decido no perder más tiempo soñando con el futuro de la tarde y me propongo firmemente aprender.

Y, en efecto, tengo que reconocer que aprendo.

Aprendo: a descubrir los efectos saludables que produce el reírse a los gritos, a beber más whisky del que haya bebido jamás, a participar en conversaciones sin otro sentido que el de amenizar la sorpresiva llegada de una nueva botella, a no acordarme del calor pese a la transpiración, a contar hasta diez, a eyacular debajo de un mantel a cuadritos de la mano esforzada de una amiga, a mirar de reojo, a llorar de alegría mientras eyaculo debajo de un mantel rojo y blanco, a olvidarme por algunas horas de que lo que más deseo en este mundo es llegar a ser presidente, a recibir un taponazo inglés por debajo de un mantel cuadriculado mientras eyaculo llorando, a no querer contar nunca más hasta diez, a reírme a los gritos apenas después de haber llorado eyaculando sin poder esquivar el duro impacto producido en mi miembro henchido por esa despiadada mezcla de arte apuntador milenario e increíble fuerza meñique dálmata; en fin, aprendo tantísimas cosas.

Creo que esa tarde también aprendo, por fin, a leer al doctor en medicina François Rabelais.

Y si bien estoy completamente convencido de que debería detenerme aquí y no seguir adelante escribiendo la historia de este día, no lo puedo hacer. Si la belleza es el complicado efecto que produce la armonización de nuestro espíritu con las cosas exteriores, necesito dejar sentado en este lugar que hoy fui bello. Enormemente bello. Nunca mi espíritu —nunca mi cuerpo, tendría que añadir— se sintió en tan perfecta armonía con el universo todo. Porque no basta con decir: ¡qué bello! para que algo sea hermoso; es menester asociarnos a la belleza con nuestra imaginación, con nuestro cuerpo, con nuestra alma.

Y yo me asocié.

Fui hermoso por la mañana y lo volví a ser por la tarde. También por la noche aunque tanta asociación pueda resultar excesivamente pedante.

Como era de esperar, en algún momento de la tarde o de la noche, no sé, el tío erró su tiro y la mesa se levantó al instante.

Como era de esperar, también, encontré un sitio montevideano de lo más apacible y me tomé mi tiempo para desnudar lentamente a Dora y gozar con su cuerpo hasta comprender, sin necesidad de ninguna teoría más o menos filosófica, que la belleza no existe fuera de nosotros mismos.

Y ahora sí que no puedo escribir más.

Hay tres cosas que no se pueden contar: los granos de arena, las estrellas del cielo y las lágrimas de un marinero.

Estoy llorando de whisky y de felicidad.

TRES

Y aunque sé que no corresponde hacer ninguna promesa cuando la cara está tan hinchada, cuando no hay
agua que nos alcance, cuando afuera hace por lo menos
tanto calor como adentro de esta horrenda habitación
repleta del mismo libro de uno; aunque sé que no corresponde hacer ninguna promesa cuando los espejos
descansan por los pisos dándonos la espalda, cuando el
mundo da demasiadas vueltas, cuando todavía no se ha
desayunado: yo voy a prometer. Voy a prometer porque
se me da la gana prometer y porque la belleza está en
todas partes y en ninguna, depende del interés que pon-
gamos en su búsqueda.

No hay peor cosa que la resaca del amarillo brebaje
escocés. Pero, de todos modos, hoy voy a ir a presentarle
mis saludos a la señora del cónsul francés.

No dejaré pasar otro día.

No hay peor cosa que la resaca de haberse sentido tan
hermoso y tener que volver sin ningún deseo a la normalidad de las fealdades cotidianas.

No hay como volver a ser imperfecto después de un
día tan glorioso. Pero bueno, tampoco hay remedio. La
belleza no existe por sí sola: hay que ser fuerte y atrever-
se a bajar para el desayuno.

Voy a cumplir treinta y cinco años, me aferro a la taza
de café y a una idea luminosa que desconozco por qué

absurdo mecanismo sentimental me ronda la cabeza a estas horas tan tempranas: descubrir una belleza, allí donde sólo se ven fealdades, equivale a ser más civilizado y a tener una misión mucho más elevada en la vida. Que los espías pampeanos se atengan a esta temible realidad: en Montevideo soy de lo más adulto que he sido jamás por las mañanas y ahora, además, mientras desayuno también se me ocurren ideas brillantes. Comienzo a sentirme extremadamente civilizado y a recordar que tengo una misión bastante más elevada en la vida que la simple marinería.

Estoy mirando en dirección a un parque de casuarinas y de palmeras, un jardín repleto de flores y de fuentes. Por supuesto, la civilización es la herramienta que lleva y trae los árboles desde otras geografías; es más, me atrevería a decir que la civilización no es otra cosa que una nueva geografía. ¿Y la belleza? La belleza le debe casi todo a la civilización, no cabe duda. Este parque es hermoso porque está civilizado de casuarinas y de palmeras, de flores y de fuentes; este jardín es hermoso porque yo lo miro. Pero no me quiero detener ni un segundo más en la explicación fácil de la belleza de ahí fuera, quiero tomar un sendero bastante más áspero. Voy a animarme a decir lo que hace falta decir. Quiero masticarle los sesos al gaucho diccionador de la costa de enfrente.

Entonces digo:

Que nada de lo que es bello es indispensable para la vida. Quiero decir que si en vez de casuarinas y de palmeras los árboles del jardín fueran naturalmente sauces y ceibos, habría un poco más de sombra en esta ventana. Pero voy a decir más, voy a decir que sólo es verdaderamente bello aquello que no sirve para nada. Ejemplos: las flores o don Juan Manuel. Y voy a tratar de ser todavía más claro: el matón rioplatense no es bello porque sí o porque yo o porque los demás, es bello porque no es indispensable. Ese caudillo de mierda es hermoso porque no sirve para nada. Por eso nomás.

Mi situación es muy otra. Yo puedo ver bellezas allí donde los otros solamente pueden ver fealdades; me basta el ejemplo de Dora por si acaso no alcanzara con el mío propio. Soy feo, creo que nadie puede engañarse al respecto, pero que nadie se engañe tampoco a otros respectos: soy feo porque soy útil y porque soy útil es que seré presidente. Bellamente presidente.

¡Qué mañana!

Aunque no vayas a ninguna parte no te quedes nunca en el camino, puede pasar que te acuerdes de algún compromiso olvidado recién al verlo ingresar presuroso en el salón de aquel hotel en el que solamente pretendías seguir reflexionando acerca de las tortuosas relaciones que establece la horticultura con la estética y la política rioplatenses.

¡Aleluya!

Acaba de llegar Dora.

Y estoy completamente convencido de que hice muy mal en apurarme a prometer visitas cuando las precarias condiciones en las que lo hacía hablaban a las claras de la absoluta imposibilidad futura de cumplirlas.

Entonces, y viendo como estoy viendo acercarse tiernamente a mi amada hasta la mesa que ocupo al lado de la ventana, recuerdo instantáneamente que durante el ayer nocturno dichoso concerté con la mujer una excursión hasta el cerro.

Por eso es que trae los canastos y se ha pintado otra vez el lunar simétrico.

Por eso es que se ha puesto sus mejores vestidos.

Y se ríe con casi todo el cuerpo.

Mariquita tendrá que esperar otra oportunidad para conocerme. Se me viene encima un día de lo más redondo y marinero.

¡Aleluya!

Llegó Dora y me parece que con los canastos se me viene encima otro día glorioso.

Llegó Dora y yo acabo de devolver el espejo a su escondite en el piso. ¿Cuántas mañanas necesitarán los redundantes hoteleros uruguayos para comprender que no quiero ni necesito de ningún espejo?

Pero bueno, decía que llegó Dora, y, espejo en el piso mediante, agrego que fuimos al cerro y que volvimos del cerro. Agrego que me siento en pelotas.

Y también que estoy extenuado.

Se ve que los años no hacen a la gente más sabia sino sólo un poco más vieja: voy a cumplir treinta y cinco años y se equivoca de medio a medio quien piense que ser un buen marinero es más fácil que ser un mal presidente. De cualquier manera, no voy a condenarme ni a condenar a nadie, mucho mejor que acertar poco a poco es equivocarse de una sola vez.

Estoy destrozado pero no borracho.

Y si el alcohol acerca las palabras y les quita casi toda su personalidad; el cansancio, en cambio, las esconde, las descuartiza en letras, las desinfla. El cansancio nos hace desconfiar infinitamente de cualquier otra cosa que quiera aventurarse un poco más lejos de ese mismo y propio cansancio. Releo alcohol y entiendo fácilmente el porqué de la duplicación de la o: la ebriedad suele recostarnos sobre las vocales para un poco después acostarnos definitivamente con la boca abierta. Pero lo que no acabo de entender es lo de la hache. ¿Será que la vida de los abecedarios, como la de los hombres, no es soportable sin algún ideal o sin algún vicio? No lo sé. En realidad, creo que el problema pasa por otro lado: jamás me gustó la hache.

Jamás.

Y Montevideo no es más que un hinfierno de hagotamientos físicos y habecedarios.

Vamos al cerro.

Caminamos y caminamos.

A Dora se la ve suelta y, dentro de lo que cabe, perfectamente bella. Yo, en cambio, me siento de lo más idiota que se puede ser. Camino duro y rígido, acartonado, pensando en la tierra que levanto, aunque lo último que se le podría ocurrir a un cristiano en ese momento es imaginar que puede ser capaz de levantar más tierra de la que ya hay levantada sin necesidad de ninguna nueva pisada cristiana.

La mujer hace unos esfuerzos increíbles para que yo

no me sienta tan imbécil: se ríe, me regala cada una de las flores silvestres que encuentra a la vera del camino, me cuenta los nombres de cada una de las flores silvestres que acaba de encontrar a la vera del camino, me pregunta cómo es Chile, cómo son las montañas y la nieve, me abraza cariñosamente cada diez o quince pasos, me tira besos desde lejos, me tira besos desde cerca, me grita, me reprocha, llora, imita el gesto adusto que llevo grabado en la frente muy a mi pesar, me dice que me ama y que me odia. Lo hace todo, la pobre mujer, pero no consigue nada. En el fondo, creo que lo que más deseo en el mundo y en ese instante sería poder ser tan libre como para gritar a los cuatro vientos mis alegrías y saltar liviano de acá para allá buscando flores silvestres para mi hermosa compañera de andanzas. Ser tan libre como es ella y así animarme a tirarle besos desde cerca o desde lejos y abrazarla cada cinco pasos y contarle lo distinto que es Chile y lo distinto que es un cerro de una montaña nevada y empujarla suavemente hacia cualquier bosquecillo de junto al camino para desnudarla y besarla de arriba a abajo y sorberla toda hasta dejarla completamente seca y angustiada y sucia de tierra y de semen y de baba y en ese preciso momento volver a empezar con las caricias hasta lastimarla de rudeza y de deseos y de furia y luego bebérmela otra vez hasta que mi lengua cicatrizadora sangrara también ella de tanta locura, de tanta crueldad, de tanta libertad. Pero no puedo.

No puedo.

Y si no puedo, creo que no es por falta de ganas o exceso de frialdad, creo que se trata simplemente de la mala convivencia que acostumbro a llevar, desde siempre, con lo ridículo. Y este pensamiento pasa por mi mente así de ingenuo a pesar de que a cualquier tonto confederal le parezca que estoy diciendo la más grande de las mentiras, y que, en realidad, jamás en la vida yo haya sabido hacer otra cosa que el mayor de los ridículos.

Pero he aquí que cuando todo hace indicar que de un momento a otro sobrevendrá la catástrofe, se produce el milagro:

En medio de la tormenta de ideas y de imágenes sobre lo ridículo que estalla sin consuelo dentro de mi mente y que amenaza con no querer detenerse nunca más, Dora me señala, con la ayuda inocente de su gordo dedo índice, una posta en la que según todos los indicios podremos acodarnos tranquilamente contra el mostrador para beber alguna copa.

Nos acodamos.

Me tranquilizo.

Y con la compañía áspera del segundo trago de ginebra, me olvido de todas las pavadas y de todas las ridiculeces que hacen de un hombre de treinta y cinco años cualquiera, un hombre de treinta y cinco años provinciano o argentino, que viene a querer decir casi lo mismo.

Me olvido de mí mismo y sólo me queda tiempo para acordarme de Dora y de sus curvas blancas exageradas. Por supuesto, esto produce efectos de lo más inmediatos: los milagros suelen engendrar milagros. Tengo una erección formidable contra el mostrador, una de esas erecciones que solamente la sabia intuición de una mujer tan sabia como es la mujer que tengo a mi lado puede abarcar. Me refiero que se las ingenia astutamente para llevarme desde el mostrador hasta el bosque más cercano sin que apenas pueda darme cuenta del nuevo viaje que acabamos de comenzar.

Me lleva y me acuesta sin ninguna consideración para con el pasto. Se me arroja encima arrugando cualquier cosa que pretenda interponerse cándidamente entre sus blancas carnes y las durezas mías. Me desnuda y me besa de arriba a abajo y luego de abajo hacia arriba y me chupa entero hasta dejarme casi seco y angustiado y sucio de tierra y de baba. Me encuentro totalmente perdido dentro de un bosque dorado. Lloro y ella vuelve a empezar con las caricias y a lamerme las lágrimas, una por una, hasta lastimarme de lengua, de mordiscones furiosos, de locura, de amor.

Dora está bañada en semen y se retuerce del gusto contra mi pesado cuerpo. Yo me siento por primera vez acompañado en esta vida y por no saber cómo actuar, empiezo a contarle sobre los "pantun" de Malasia. Le digo que los "pantun" son cuartetas cuyo primer verso rima con el tercero y el segundo con el cuarto pero que lo particular de estos poemas consiste en que los dos primeros versos no tienen nada que ver con el tercero y con el cuarto. Le cuento que los componen generalmente los miembros de la corte malaya para poder decirle públicamente a sus amantes aquello que no se puede decir con tanta publicidad. Argucias de enamorado, le explico mientras ella se arregla un poco, repitiendo en público sólo los dos primeros versos, la amada es la única en enterarse de lo que lleva escondido el resto del mensaje. Le digo que quiero hacerle un "pantun" para que recordemos siempre ese momento y ella acepta con el mayor de los gustos.

Escribo sobre la tierra:

Pasa a veces que los peces se escapan del río con candor
y está bien que por la madrugada el gallo cante.
Cierto es que yendo al cerro y en un bosque hicimos el amor
pero todavía queda mucha selva por delante.

No puede leerlo, no sabe leer, y yo se lo recito con un fervor pedagógico hasta entonces desconocido por estas latitudes. Desconocido incluso para mí que soy considerado uno de los pedagogos más fervientes de por estas mismas latitudes.

Dora no para de reírse y a nadie inteligente se le podría ocurrir, esa tarde y entre esos árboles, extrañar aquel diente que le falta a su carcajada.

A mí tampoco.

Llegamos al cerro.

Y desde el cerro, las cosas se ven de otra manera.

Montevideo parece desparramarse haraganamente contra la costa como esperando del agua la solución a alguno de sus muchos problemas. Igual que Valparaíso, igual que Buenos Aires, igual que la América del Sud toda. La odiosa tierra que acompaña al paseante en cualquier trayecto ciudadano desde aquí se convierte en un color, en un matiz del marrón apenas más claro que el del río. El vacío de las calles no parece ser otra cosa que un rasgo personalísimo de su carácter indomable.

Fumo.

Dora estira un mantel sobre el pasto y no para de sacar alimentos de los canastos. Tengo unas ganas bárbaras de hablar un rato con ella, de conocerla un poco más allá de los matices de su risa o de los rasgos personalísimos que conforman el juego simétrico de sus lunares. Voy a cumplir treinta y cinco años y ando con unas ganas bárbaras de descubrir América de una buena vez.

Me animo y a modo de inicio le explico que solamente subiendo por los escalones se puede llegar con fortuna a lo alto de una escalera y ella me responde que siempre tenemos que colgar el canasto allí adonde lo podamos alcanzar. Me doy perfecta cuenta de que la mujer me conoce bastante más de lo que supongo y para salir elegantemente del atolladero, a modo de tanteo, le retruco que la culebra que tiene miedo de ser pisada, mejor que nunca salga hasta la mitad del camino. Entonces ella, imperturbable, me contesta que no se trata de miedo; que, si se tratara de miedo, la gallina no se alejaría nunca tanto del gallinero; que de lo que se trata es de que en los asuntos del pisar o del ser pisado resulta bastante distinto nacer gallo que nacer gallina.

Me siento desnudo.

Y a pesar del frío que tengo, en medio del enorme calor de la tarde, intento tiritando una vez más: le aseguro que para mí, no todos los que llevan espuelas tienen necesariamente caballo. Ella se queda callada y yo empiezo a sentirme un poco más abrigado. Pero es al cuete, esa estúpida sensación de seguridad dura apenas unos segundos. En seguida, y mientras me roza tímidamente la cabeza con su mano buscando como al descuido alguna cosa perdida en el cielo, me dice que hay que estar

atento, que el pie del farol siempre es lo peor ilumina-
do de toda la cuadra.

Y ya está.

Me doy por vencido.

Voy a cumplir treinta y cinco años y aprendo recién
en ese momento que no queda ya casi nada por descubrir en América. Solamente hace falta un poco de coraje
para acostumbrarse a caminar desprotegido y perdido
de amor por estas anchas tierras.

Volvemos del cerro.

Le canto a mi compañera:

Pasa a veces que los peces se escapan del río con candor
y está bien que por la madrugada el gallo cante.

Y pasa entonces una risa cómplice.

Pasa entonces que volvemos del cerro por los bosques como dos exploradores furtivos. Como dos enamo-
rados. Como una fábrica de caricias salvajes y de manos
desesperadas. Volvemos saltando por el bosque como
dos insaciables máquinas de amar.

Le pregunto por su lunar ficticio y me responde que
no esté tan seguro del otro. Entonces le pregunto por el
primero de los lunares, el peludo, el original, el federal,
y me contesta, mostrándome sus grandísimos pechos,
que cualquier verdad es por lo menos doble. Y no pregunto más, me resguardo entre sus perfumes y el mundo todo se me antoja bastante menos importante que esa
tarde y esos árboles.

Sólo al final encontramos el camino y la posta del milagro. Sólo al final podemos brindar civilizadamente con ginebra.

Sólo al final del día nos animamos a despedirnos.

Al irse, me susurra que no tema, que tan buen marinero no podrá sino ser un presidente de los grandes, y yo me alejo de allí lo más rápido que mis cansadas piernas me lo permiten. Me siento absolutamente en pelotas y tengo un miedo pánico de que algún merodeador espía rosista me pueda descubrir en tan indecente situación.

Y la verdad es que me sigo sintiendo en pelotas, a más de tremendamente cansado.

Creía que estas cuatro paredes, que esta silla húmeda, que estos infinitos "Facundos" míos, me alcanzarían a cubrir un poco. Pero no me alcanzan. Esta fecunda mujer uruguaya me ha desarmado.

Prometo firmemente no salir de este hotel durante el día de mañana. Me parece que es lo único que puedo intentar para volverme a sentir un poco más entero. Nadie podrá negarme que como marinero no haya funcionado bien, pero así de desnudo, dificulto grandemente que pueda llegar alguna vez a la presidencia.

Mañana será otro día.

Un día de lo más encerrado, me parece.

Dios nos guarde de los habecedarios y de las gordas embras huruguayas.

CUATRO

Nada se seca más pronto que las lágrimas.

Nada.

Quiero decir que me parece que ya pasó lo peor.

Hoy me desperté de lo más macho. Y no me estoy refiriendo a la fácil estupidez fisiológica del sexo erguido. No. Me refiero a los propósitos y a los deseos. Me refiero a que ya no me siento tan desnudo ni tan desprotegido. Me refiero a la mañana y a las cataratas de mí mismo que me invaden.

Pero por una vez voy a ser cauto y me voy a tomar el día para reflexionar sobre algunas cosas de esta vida que me atañen muy especialmente. Para pensarme y para repensarme. Si el extranjero es el que está ausente, creo que a veces se hace necesario ser lo suficientemente fuerte como para ausentarse del mundo por algún tiempo. Quizá sea la única manera que tiene el extranjero de poder volver a sentirse patriota de sí mismo.

Y eso es precisamente lo que voy a intentar hacer: ausentarme, revisarme tranquilo desde alguna distancia. Sólo así podré animarme a ver a Dora alguna otra vez. Sólo bastante más macho de lo que me desperté esta mañana gris podré volver a salir algún día de este mísero y húmedo hotel.

Pero como lo primero siempre es lo primero, bajaré antes, y como corresponde, a desayunar.

El que posee algo de trigo siempre encuentra la forma de fabricarse la harina.

Estoy nuevamente junto a la ventana que da al parque civilizado y se me ocurre que la tarea de pensarse y de repensarse, a pesar de ser un asunto que cualquier leñador puede llevar adelante, debe, para alcanzar algún éxito, respetar unas ciertas reglas básicas. Porque si es verdad que muchos hachazos derriban una casuarina, también es verdad que los hachazos justos alrededor de su corteza la hacen crecer mucho más rápido y bastante más sanamente.

Siempre se es extranjero por necesidad y no por gusto. Por eso es que estoy dispuesto, como lo he estado siempre, a la justicia botánica o a la justicia zoológica; no a la destrucción.

Eso.

Es bien sabido que nunca hay que ausentarse sin llevar las alforjas cargadas con nuestras propias herramientas.

Repito que no estoy dispuesto a la destrucción.

O lo mismo:

De los numerosísimos grupos en que la ciencia divide al reino animal, sólo hay uno en el que todos sus individuos participan de la propiedad de tener pelo: es el grupo de los mamíferos. El tener pelo es un carácter común a todos estos seres; el que menos tiene es una especie de ballena que solamente posee dos cerdas tiesas sobre las narices; el que más tiene, si no hubiésemos conocido en la Argentina a don Facundo Quiroga, podría ser el puercoespín canadiense. Así es como supo haber algún naturalista que propuso cambiar el nombre de mamíferos por el de pilíferos, que siendo igualmente exacto en sentido genérico, resultaba mucho menos chocante para aquellas personas demasiado pudibundas. Soy pelado, qué duda cabe, pero ¿quién puede decir que el puercoespín es mejor mamífero que la ballena? Con mucho, sólo se podría afirmar que el puercoespín es bastante más pilífero que la ballena. Nada más. Lo mismo ocurre en lo que atañe a la situación del comandante Quiroga o del brigadier general Rosas con respecto a un servidor. Por eso, mejor dejemos las cosas como están y que se mueran los pudibundos de una buena vez.

Nadie es más mamífero que yo, ni siquiera los estúpidos pudibundos.

Quizá solamente Dora.

No lo sé.

Pero en ese caso, mi inferioridad sería una minusvalía absolutamente compartida con aquellos dos bandidos y con los nuevos bandidos masculinos que, seguramente, irán apareciendo en el desgraciado firmamento sudamericano.

Los cuernos de las vacas, los de las cabras, los de las ovejas o los que llevan sobre la nariz los rinocerontes, están formados por la reunión de muchos pelos. El rinoceronte del Africa, por ejemplo, muda sus cuernos de la misma manera en que cualquier otro mamífero muda su pelo. Y dirán que hice muy mal en utilizar una peluca hace algún tiempo, que eso no está bien, que eso está muy mal. Pero yo digo que no. Digo que a veces resulta por demás triste esperar y esperar en vano a que el pelo de uno mude como muda el cuerno de un insignificante rinoceronte africano que no solamente no sabe escribir, sino que ni siquiera sabe mantener una pobre conversación mundana.

Soy de ir a buscar las cosas, no soy de los que se sientan apaciblemente a esperar que sucedan.

Las especies de monos grandes que andan suspendidas de las ramas y se cubren la cabeza con los brazos cuando llueve, tienen los pelos del antebrazo dirigidos al contrario de los demás, o sea hacia arriba, desde la muñeca al codo. Esta disposición permite que, aunque tengan los brazos en alto, escurra por ellos el agua de la lluvia. En cambio las especies pequeñas que corren sobre las ramas y duermen hechas una bola cuando hace mal tiempo tienen el pelo de dicha parte dirigido hacia abajo, porque de este modo se presta mejor a que escurra el agua cuando les llueve encima. Ya no uso la peluca, y en tal caso, el agua puede hacer lo que quiera, puede escurrir por donde se le ocurra escurrir que no me importa. Si bien no me cupo a mí la posibilidad de decidir el ser o no ser pelado, sí, por el contrario, pude tomar la decisión de mostrarme o no mostrarme calvo: me refiero a colgar definitivamente la peluca. Y si decidí el exhibirme tal cual soy, renunciando a ciertas inclinaciones románticas a las que adhiero incondicionalmente, fue porque no alcanza con el ser diferente a los pilíferos caudillos federales, también hay que parecerlo.

No duermo hecho una bola.

No uso más la peluca ni necesito andar tapándome la cabeza con las manos para que el agua escurra con mayor facilidad.

Soy pelado y voy al cerro pelado.

Soy feo pero vuelvo del cerro saltando por los bosques.

Y voy a ser presidente.

Está lloviendo.

Voy a cumplir treinta y cinco años y estoy mirando extasiado, como sólo puede extasiarse el buen mamífero, a un pájaro carpintero agujerear una casuarina seca para que su pareja haga nido. Su pareja también lo mira desde una rama cercana y yo me pregunto ¿adónde mierda vivirá Dora?

Sigue lloviendo.

Tuve que interrumpir porque se me acercó el mozo simpático a advertirme que mi habitación ya estaba lista. Pienso que va a ser mejor que no escriba por un rato, el pedante debe estar al caer y me gustaría recibirlo de lo más espabilado.

No vino y ahora tendré que ir a buscarlo.

Subí a mi cuarto y me encontré con que se llevaron el espejo justo el día en que más lo necesito. No podría imaginarme extranjero sin ese espejo.

No podría.

Horrible.

Lo que me ha pasado es horrible.

Bajo y le pido caballerosamente al hotelero pedante que me devuelva el espejo y se enoja, me dice que cómo es posible que el espejo no esté en mi habitación, que seguro ha sido otra de las destempladas determinaciones de su subordinado, determinación que en ningún caso él hubiese aprobado de habérsele consultado. Me asegura que inmediatamente tomará cartas en el asunto, que me quede tranquilo, que en seguida pondrá las cosas nuevamente en su lugar, y agrega que dentro de esas cosas que pondrá en su lugar estará, desde luego, el espejo, que no me haga problema.

Yo, ante el temor de lo que pueda ocurrirle por mi grandísima culpa a tan simpático avisador, le explico tiernamente al idiota que la decisión de llevárselo sin duda ha tenido mucho que ver con el hecho de que siempre cuando entraba a asearme el cuarto, el joven encontraba el espejo en el piso y dado vuelta. El pedante asiente con un gesto de cabeza caída, para, a continuación, no hacer más que confirmar los peores de mis temores: me comunica que de cualquier manera deberá tomar medidas ejemplares para con su subordinado, que esta vez ha llegado demasiado lejos.

Y cuando todo podría haber terminado sólo penosamente, el imbécil, con extrema facilidad, transforma lo penoso en horrible: me pregunta, no sin algo de impostada familiaridad en su voz, si prefiero que me dejen directamente el espejo en el suelo y dado vuelta o si quiero, en cambio, que me lo dejen colgado en su sitio para que yo mismo pueda realizar luego esa importante operación. Entonces me pongo absolutamente fuera de mí, pero vaya a saber por qué extraña instancia montevideana, recuerdo en ese instante que hace un par de días y en una fiesta llena de manteles cuadriculados, aprendí a contar hasta diez.

Cuento hasta diez antes de contestarle que lo quiero colgado.

Y me alejo contando.

Cuando estoy llegando a la escalera y ya voy por el número treinta y dos, me doy vuelta y le grito que necesito, por favor, que durante ese día nada me perturbe, que no estoy para nadie. El muchacho, aunque quizás bastante mejor sería decir "el inmundo, asqueroso, infame, mazorquero y pedante espía pilífero", alcanza a comenzar un tímido intento de pregunta: "¿Tampoco la señora que...?". Intento que yo, ya a esta altura por el número cuarenta y pico, corto de cuajo al grito de "¡Tampoco!". Falta una nada, a decir verdad, para que me vuelva y lo estrangule con mis propias manos.

Pero no lo hago.

Sigo contando.

Fue horrible y ya no hay nada que se pueda hacer para remediarlo. Habría que reconocer penosamente que Montevideo también está construido con estas baldosas.

Tocan a la puerta, la abro, y me encuentro con el joven simpático cargando el espejo.

Se deshace en disculpas y yo me deshago en disculpas parecidas. Inmediatamente simpatizamos, aunque es cierto que no es difícil simpatizar inmediatamente con alguien cuando las disculpas mutuas están deshechas, cuando se comparte algún odio, cuando se es turista en Montevideo.

Se va y a mí se me ocurre pensar, mientras cierro la puerta, que si bien no va a ser nada fácil terminar con el odioso tirano de Buenos Aires, va a resultar bastante más difícil convivir con los amigos después de la caída.

Pero bueno, ¿qué sacamos poniendo fuego a la mecha cuando la lámpara no tiene aceite?

Ha parado de llover.

El resto del día voy a ayunar.

Porque la piedra que rueda no cría musgos. Aunque también es verdad que una vez arrojada, no le importe en lo más mínimo a la piedra el saber si está subiendo o si está bajando.

El resto del día voy a hacer ayuno para no criar musgos. Para que no me importe saber si estoy subiendo o si estoy bajando.

Para endurecerme.

O para ausentarme.

Para todo eso es que el resto del día voy a hacer ayuno.

Vuelvo hacia mí mismo porque es inútil pegarle al perro: siempre volverá al sitio en donde sabe que están escondidos los huesos.

Vuelvo hacia la calvicie, hacia la fealdad.

Quiero decir que no puedo hacer otra cosa más que observarme reflejado en el espejo ovalado que cuelga justo enfrente de mi descomunal cabeza.

Empiezo por el principio:

La calva.

Bien mirada, la calva es como una bóveda marmórea y luminosa.

Lejana.

Inalcanzable.

El techo formado por la convergencia ascendente de unos parietales furiosos.

De costado, parece el vértice de una deforme pirámide brillante; de atrás, gracias a Dios, no alcanzo a ver nada. Y tampoco creo que me alcance la imaginación. Lo que sí se podría afirmar a simple vista es que la estampa supone una cabeza totalmente desproporcionada en relación con la poca cara.

La frente.

Una arruga frontal, que nació como un ínfimo canal angosto, se ha transformado con el paso de los años en un río profundo que cuando transpiro también se convierte en caudaloso. Y se me ocurre que no ha existido en cara tan pequeña nada más traicionero que ese ínfimo canal mudado por el tiempo en anchuroso río. Una arruga que llegó sola pero que se las supo ingeniar para hacerse de una familia de arrugas con las que habitarme: ahora ya son tres los surcos que se originan cerca de la cúspide encalvecida y se dilatan, arándome a su paso, por todo el inmenso campo frontal. Tres canaletas que terminan juntándose muy cerca de mis abultadas cejas.

Las cosas en su sitio: estoy pensando seriamente en que puedo desafiar a cualquier gaucho bárbaro a medir pilifiridades cejísticas. Pero no lo voy a hacer. Que cada gaucho se quede con su china y todos en paz.

Los ojos.

Debajo de la imperiosa cejijunta se instalan mis ojos, como creo que acontece con casi todo el resto del género humano. Son arrogantes, con algo inherente que creo se parece a la pupila diurna del león. Serenos, tiran a un cierto tono amarillento sobre un fondo pardo claro. Ojos de "moscatel" decía mi padre, tan afecto como era a las comparaciones etílicas. Pero, con respecto a la arrogancia, pasa lo mismo que con respecto a muchas otras cosas: el gato puede ser un tigre para el ratón, pero sólo es un gato para cualquier tigre. Y así con mi arrogancia ojal o con mis otras muchas arrogancias.

La nariz.

La nariz es robusta y ancha como la pata de un elefante. De ella se dice que estornuda con exagerada grandilocuencia, casi a los gritos, y habría que hacer un esfuerzo y acordarse en este lugar de que también tropieza el elefante a pesar de tener muy sólidas las patas. De cualquier manera, y perdida como está la nariz en tan monstruoso contexto facial, se podría afirmar que no dejo de parecer algo ñato, aunque la ñatez no debe ser, seguramente, más que un efecto visual proveniente de la demasiado desarrollada prominencia superciliar. Porque la cara siempre es un conjunto de cosas unidas inextricablemente entre sí, y eso muy a pesar de que uno pretenda ser de lo más analítico. Lo mismo ocurre cuando las cejas se encrespan tiñendo, nada analíticamente, a toda la cabeza de un hálito de fiereza que debe haber asustado a más de uno y que espero pueda seguir asustando a muchos otros por los siglos de los siglos.

Amén.

Y sigo para abajo:

La boca.

Otros surcos, tan profundos como los de la frente, limitan la zona cigomática y prolongan las comisuras labiales con una hondura de devastación, destacando de esa forma la rudimentaria boca cuyo desborde traza compulsivamente un cierto aire bélfico. Aunque de alguna manera, creo que los surcos faciales me dan un tono lagrimal de ave andina, un aire rudo de pájaro habitador de las altas cumbres nevadas. Un carácter.

Además.

Y a riesgo de caer en la comparación fácil, pienso que las mejillas me caen a lo dogo, que mis bigotes huelen demasiado a tabaco, y que sobre las orejas lo único que se me ocurriría decir es que son tan inmensas como el resto del conjunto. He leído por ahí que las orejas siguen creciendo bastante tiempo después de que han dejado de crecer las demás partes del cuerpo; ignoro, por lo tanto, qué magnitud podrán llegar a alcanzar con el correr de los años y de las conversaciones.

Ha comenzado a llover nuevamente.

Tengo mucha hambre.

Siempre pensé que de las cosas alegres conviene hablar alegremente y que de las cosas serias, con mayor razón. Por eso es que bajaré a comer algo: qué sentido tiene hacer ayuno un día tan lluvioso.

He comido quesos y he bebido vino.

La lluvia paró hace un buen rato pero el cielo permanece completamente oscuro. Y me parece que con la ayuda de la escasa luz de la lámpara, los rostros que reflejan los espejos orientales son aún más inescrutables. Toman otros colores que hacen olvidar el pálido diurno.

Aunque lo que quiera decir es, simplemente, que de noche me parece que soy todavía un poco más hermoso.

Creo haber escrito antes que he comido quesos y he bebido vino.

Hay nudos tan intrincados y tan fuertemente hechos que parece de todo punto imposible poder soltarlos y más si llevan atados mucho tiempo. Pero por imposible de deshacer que parezca un nudo, no se resistirá si se sigue con él el siguiente procedimiento: con un mallete o con un trozo de madera debe golpearse el nudo en todas las direcciones y después debe metérselo, durante tres minutos, en agua en la que se haya hervido previamente jabón. Al cabo de ese tiempo se sueltan con la mayor facilidad.

Hace varios siglos, Alejandro Magno inventó otro procedimiento para deshacerse de los nudos: hacerles un tajo en la mitad. Con un tajo en la mitad, no hay nudo, por más gordiano que sea, que pueda resistirse.

Voy a cumplir treinta y cinco años y todavía no he ido a visitar a la señora de Mendeville, antes de Thompson.

Pero bueno, según Hipócrates, la vejez comienza a los setenta. Me queda aún la mitad de la vida para intentar desatar algunos nudos.

O para hacerles un tajo en la mitad.

Ningún gesto se parece tanto a la meditación como el de no estar pensando en nada.

Y pasan las horas.

Estoy solo.

Y siguen pasando las horas.

Estoy convencido de que la soledad lleva a exagerar la importancia de uno mismo. Pero si no fuera por ese íntimo convencimiento, me animaría a escribir aquí que me encuentro a mí mismo de lo más atractivo.

Casi perfecto.

El viento puede apagar una antorcha pero también puede avivar un incendio. Me siento de lo más incendiado. Ya no llueve y me animo a decir que, si no fuese de noche, brillaría afuera un sol radiante.

Podrán decir lo de mi cabeza.

Podrán argumentar lo de la peluca chilena.

Podrán señalarme el belfo o escribir sobre mis orejas.

Podrán con la calvicie y con tantas otras cosas.

Pero salté al volver del cerro y me siento de lo más hermoso que se puede sentir un extranjero o un ausente.

Los arroyos son claros cuando no son profundos. Yo

no le tengo miedo a la profundidad ni tampoco al agua. A veces es bueno estarse solo contemplándose en un espejo. A veces es la única manera de animarse a salir al mundo el día siguiente.

Y ya está bien.

CINCO

El sol raja la tierra.

Un buen augurio para el reparto de libros.

Y a la hora de estas horas difíciles y cuando vayas a castigar cruelmente a tus caballos porque no quieren andar, es menester que te detengas primero a pensar cuánto tiempo hace que no les das de comer. Por eso dejo el espejo en su sitio cómodo del piso. Hoy no lo necesito.

Empezaré a regalar mis *Facundos* por el hotel, seguiré por *El Comercio del Plata* y quizás llegue por fin hasta lo de Mariquita Sánchez. Sólo es cuestión de volver a ser un buen patriota. De olvidarme de cierto excesivo marinerismo.

El "Facundo" soy yo y yo también ando con unas ganas bárbaras de comer argentinamente.

Dos pájaros etcétera: bajaré con mis libros a desayunar.

El sol raja la tierra y mis deseos patriotas también.

Todos buenos augurios.

Comenzaré por el mozo simpático.

Cuando la patria es desgraciada cada uno de sus hijos tiene la culpa, le digo al joven por decir algo mientras le entrego uno de mis libros.

El chico es inteligente.

Y creo que todo Montevideo es inteligente, a juzgar por lo poco que me ha tocado en suerte conocer.

[65]

Pero se trata del camarero: le echa una ojeada al libro y como al descuido me espeta que una simple gota de rocío en el brote de una bellota alcanza y sobra para desviar por siempre la dirección de cualquier encina.

Acepto con un movimiento tímido, si cabe la expresión, de mi cabeza descomunal.

Acepto que el chico es inteligente.

Acepto un montón de cosas.

El chico me agradece y se va.

Inmediatamente me pongo a mirar las palmeras del jardín, a estudiar los límites de lo humano. Me acuerdo del mono y de las pilosidades. Me acuerdo del murciélago, el único de los mamíferos que posee alas.

Repito: creo que todo Montevideo es inteligente, a juzgar por lo poco que me ha tocado en suerte conocer. Y creo, también, que yo soy de lo más murciélago que alguien puede ser por estos lugares.

¿Seré una gota de rocío? ¿Un murciélago? ¿O las dos cosas al mismo tiempo?

¿O ninguna?

No lo sé.

No lo sé pero decido que seré lo que tenga que ser y en seguida me animo y llamo al otro mozo, al mazorquero. También tengo un *Facundo* para él.

Se acerca y me acepta el libro.

Yo no le digo nada.

Él tampoco me dice nada.

Se aleja silencioso con el libro en la mano y yo pienso que está bien de ese modo, recuerdo que Calígula también era pelado y que por esa razón se tenía por pecado capital el mirarle desde lo alto cuando recorría las calles de Roma. No soy Calígula, pero tampoco me

gusta que me anden husmeando al cuete desde lo alto.
Sigo desayunando.

Se me ocurre que no hay belleza sin velos.

Quiero decir que me parece que no existe ninguna
belleza sin algún tipo de mediación. Mi cabeza, por
ejemplo, debe tener alguna razón desconocida para ser
tal como es. Quizá sea el resumen de un carácter o la
forma necesaria para un cierto contenido bello que en-
carno o la imagen bestial de la superioridad de lo eternamente humano o el monumento al desorden nacional.
Aunque quizás no sea otra cosa que una velada equivocación genética.

Y se me hace que así como no puede haber belleza
sin velos tampoco puede haber respuestas sin alguna
pregunta. ¿Por qué no le pregunté a Dora si me consideraba o no me consideraba hermoso? ¿Por qué no le pregunté más cosas a Montevideo?

He terminado el desayuno pero no la digestión y el
hotelero odioso se acerca para decirme que la habitación ya está arreglada, que el espejo está especialmente
ubicado en su sitio para que yo lo pueda desubicar con
la más completa libertad, y que me desea, de todas
maneras, un buen día uruguayo. Yo le digo que prefiero
definitivamente sentarme sobre una delgada calabaza,
que sea toda para mí solo, que no verme apretado contra otros sobre un cojín de terciopelo. El, como no podría ser de otro modo, me contesta. Es uno de esos
típicos muchachos que no aceptan con facilidad que los
puntos finales los pueda poner otro. Me contesta que

todavía no leyó el libro que le regalé pero que de todas formas sabe perfectamente que el que solo come de su gallo al terminar la digestión también montará solo en su caballo.

Y yo ya estoy absolutamente harto de ese hostal y de sus jóvenes habitantes. Estoy harto de que Montevideo sea tan inteligente.

Salgo a la calle a buscar *El Comercio del Plata*.

Aunque, en realidad, sería mucho más sincero decir que salgo a la calle a olvidarme del hotel o a buscar otra ciudad.

En cualquier caso, debo reconocer, no sin algo de vergüenza, que anteayer cuando iba caminando amorosamente hacia el cerro, soñé con que vería por fin a Buenos Aires desde allí arriba. Debo reconocer, también con vergüenza, que la charla con Dora llegó bastante después de un cigarro desilusionado. Pero como dicen que el que enrojece todavía conserva intacta alguna virtud, yo digo que la charla que tuve aquella tarde con Dora puede tranquilamente ser considerada como una de las tantas formas posibles de mirar a Buenos Aires desde la zona más alta de un cerro.

Y como suele pasar que cuando uno sale a buscar otra cosa de la que tiene termina siempre encontrando aquella otra cosa que busca, encuentro entre las calles, gracias a todos los santos orientales, otra ciudad, una ciudad distinta a ese hotel de mierda.

Llevo conmigo algunas cosas escritas especialmente para el rubio matón de Buenos Aires; unas hojas que llené durante el viaje marítimo desde Valparaíso que creo pueden interesarle a los compatriotas de por acá. Dejo esos papeles en *El Comercio* y a cambio recibo mucha información acerca del desarrollo de la guerra.

Y digo que hay veces en que uno no tiene deseos de escuchar nada acerca del desarrollo de las guerras.

Esta vez, por ejemplo.

Solamente quiero dejar mis escritos para que se den a publicidad; quiero dejarlos y salir cuanto antes a caminar solo por el muelle. De cualquier forma, también he llevado conmigo algunos libros para repartir, y siempre he entendido que las buenas maneras en el trato social son algo tan imprescindible para la civilización como la paciencia es imprescindible a la hora de querer cambiar un parque a partir de una ínfima piña de casuarina.

Resignado, escucho sobre Paz, sobre Mansilla, sobre Servando. Escucho números y escucho planes. Escucho, educadamente, ilusiones y literatura.

Pero no quiero oír hablar ni una palabra más sobre la guerra. También escucho que el muelle me llama.

Y me voy.

Si la habilidad del político está en decirle al ladrón que robe y al mismo tiempo decirle al dueño de casa que cuide de sus bienes, tendría que reconocer, de una vez por todas, que hay algo de poquísima habilidad política en este minusválido pilífero.

Poquísima.

Los muelles pueden ser una invitación pero también pueden convertirse sin querer en un desatino.

Porque aunque el símil, por lo burdo, pueda ser considerado casi federal, lo cierto es que uno se pasa la vida de muelle en muelle, que es casi lo mismo que decir que uno se pasa la vida entre invitaciones y desatinos.

Y este muelle, el muelle al que quería llegar para no escuchar guerras, no hace más que gritarme desatinos.

No me invita a nada.

No he ido a conocer a Mariquita Sánchez ni he querido hacer política. Hasta ahora sólo he querido estar con Dora o espiarme la cabeza frente a los espejos.

Sólo eso.

Muy poco, reconozco.

Realmente muy poco para quien va a cumplir treinta y cinco años y quiere ser presidente. Mal soldado es el que no sueña con llegar a general. Y estoy de acuerdo. Pero tampoco es cuestión de soñar solamente, también se trata de hacer algo por llegar primero a cabo y después a sargento.

En ese momento, es decir un rato antes del suicidio, decido volver al hostal. O mejor: en ese momento previo al salto final sobre las aguas del Plata, decidí volverme hacia el hotel. Allí es donde estoy ahora pasando en limpio tanto desatino y tanta sinrazón. Allí es acá y yo sigo siendo yo o al menos eso es lo que creo.

Ya he comido y nada que valga la pena me ha sucedido mientras lo hacía. Si andas con suerte, hasta tu gallo pondrá huevos. Si no andas con suerte, te robarán la única gallina. Voy a llevarle un *Facundo* a Dalmacio y espero que mientras tanto nadie me robe la única gallina.

Allá voy.

La voluntad es una yegua alazana saltadora de obstáculos.

Que sea lo que la suerte quiera que sea.

Don Dalmacio Vélez descansa sobre un cómodo sillón de mimbre, debajo de la sombra cariñosa de un nogal. Antes de carraspear para que el hombre despierte, me tomo unos minutos para observarlo e inmediatamente tengo la sensación de que nunca antes, en todos estos días que llevamos de intensa amistad oriental, le he mirado con algún detenimiento. Cosas que pasan. Me encuentro con un hombre unos diez años mayor que yo pero casi igual de feo. O más feo, si cabe la posibilidad.

Toda una sorpresa.

No lo puedo creer.

Empiezo a convencerme de que un descubrimiento semejante necesita por lo menos de una conversación sincera. Pero cuando voy finalmente a carraspear, él se me adelanta. Me dice, totalmente despabilado como si en realidad hubiese estado fingiendo la siesta, que es verdad, que hace falta esa conversación, que está de acuerdo.

Don Dalmacio Vélez me dice que ya era hora, que lo estaba esperando, que me quede tranquilo.

Y yo, por toda contestación, carraspeo sin ninguna necesidad.

—No se preocupe, amigo, pasa a menudo que cuando una luz nos deslumbra, al mismo tiempo no nos permite

ver nada que no sea su propia luminosidad. Nos
enceguece. Y está bien así. Soy feo y usted también es
feo. Entonces: o bien su fealdad no le deja ver las fealdades ajenas o bien su luz se llama Montevideo o se
llama Dora o se llama las dos cosas al mismo tiempo.
Usted es feo y yo soy feo, para qué preguntarse entonces ¿cuál es el más desagradable de los dos? La respuesta se parecería demasiado a un certamen de belleza, y
la belleza, si usted me lo permite y sin ningún ánimo de
agraviarlo, se me ocurre una de las palabras más extran-
jeras de cuantas se puedan hallar en nuestros pobres y
respectivos diccionarios cosméticos.

Todo eso me dice Dalmacio más o menos de un tirón
mientras se toma algún tiempo para mirar a su alrededor
como esperando a que caiga injustamente del árbol una
nuez a principios de febrero.

Respira.

Constata rápidamente que no va a caer ninguna nuez.

Y sigue:

—¿Qué sería de este nogal si no hubiera este nogal?
Sería la nada o sería otro árbol pero nunca sería un no-
árbol. Lo mismo pasa con la maldad. La maldad no es la
ausencia de bondad sino otra cosa perfectamente defini-
ble; y así también acontece que el frío no es la ausencia
de calor sino una sola de las infinitas posibilidades de
contrastar la calentura corporal propia con la incuestio-
nable realidad que constituye la temperatura del afuera
de nuestros frágiles y desgraciados cuerpos.

Apenas una leve brisa mueve las ramas altas del árbol,
apenas un cosquilleo mínimo y necesario para que el
hombre pueda reparar sus disminuidas fuerzas filosófi-
cas y seguir adelante.

—No se preocupe, amigo, la fealdad no es la ausencia de belleza, es otra cosa...

—Es lo contrario -me animo a afirmar yo apresuradamente y con el único afán de aportar algo, de ser útil, de que Dalmacio no termine nunca de hablar.

—Así me parece que no vamos a llegar a ningún acuerdo; aunque tampoco esperaba, a decir verdad, que nuestros espíritus se inclinaran demasiado fácilmente por el declive de los acuerdos. Siempre pensé que los contrarios son una de las formas más engañosas de simplificar el mundo. No creo que lo feo sea lo opuesto de lo bello: pienso que los opuestos son los mejores aliados de la haraganería racional. Si bien es posible que sepamos la edad de una vaca por las arrugas de sus cuernos, también es seguro que poco más podremos saber acerca del mundo si nos pasamos la vida auscultando cuernos para conocer las edades del ganado vacuno.

—Lo decía por decir —le digo.

Pero es peor.

Me dice que decir las cosas por decirlas se parece demasiado, a su criterio, criterio que por supuesto yo no tengo por qué compartir, a contentarse con contarle los años a las vacas a partir de una mirada más o menos rápida de sus cuernos.

Mi derrota toma la única forma que puede tomar: el silencio. Pasan los minutos, y sólo cuando está completamente seguro de su victoria, continúa.

—Creo que antes de su estúpida intromisión, me estaba refiriendo a que la fealdad no era la simple ausencia de belleza sino que era otra cosa. Pero ¿qué puede ser esa otra cosa?

Se queda pensando.

—¿Qué? —repite medio maniáticamente, mirándome fijo a los ojos, y yo estoy a punto de dejarme llevar una vez más por mis caprichos y contribuir con algo a la conversación aunque ese algo no sea más que un pobre carraspeo despertador.

Me dejo llevar: carraspeo.

Y él me dice que no necesita de nadie que lo ande despertando porque no está durmiendo ninguna siesta sobre un cómodo sillón de mimbre debajo de la cariñosa sombra de un nogal. Me dice que espera de mí algo más que un carraspeo de ocasión. Me dice que si soy al menos tan feo como él, alguna buena respuesta a esa pregunta se me tiene que haber ocurrido a lo largo de estos casi treinta y cinco años que llevo conviviendo con tan monstruosa cabeza.

Y a mí me parece que don Dalmacio Vélez está siendo por demás duro conmigo y con mis pertenencias faciales, me parece que le he dejado demasiado terreno libre y me parece también que ya se va haciendo hora de que yo abone en ese terreno perdido.

Le digo que me cago en todos los carraspeos del mismo modo en que me cago en todas sus falsas siestas. Le digo que ahora me va a escuchar y que de cualquier manera lo encuentro mucho más lindo cuando descorcha botellas de champaña que cuando quiere hacerse el filósofo barato de las cosas nuestras.

Le exijo que me escuche.

Y él acepta tácitamente, si es que el malhumor puede considerarse una forma de aceptación tácita.

Entonces me juego la vida: le aseguro que los contrarios existen. Incluso le digo más, le digo que los contrarios son lo único que existe, porque la bondad sin la maldad no tendría ningún sentido, porque la fealdad sin la belleza no podría siquiera pensarse. Y me tomo un tiempo para el cinismo, le pido que no se preocupe, que puede pasar que a veces una luz nos deslumbre y en el deslumbramiento nos enceguezca de tal modo que no nos deje ver más allá de un tapón que va a dar de lleno en la voluminosa teta izquierda de una uruguaya que por lo demás se lo merece.

Me callo un momento para dejar que se esconda en silencio el último rayo de sol.

Me callo para que mis palabras lleguen a destino y se queden rondando por allí un buen rato.

El hombre no dice nada, dándome a entender que todo va bien, que no me he jugado la vida en vano y que mis palabras están merodeando por los lugares adonde yo las había mandado a merodear.

Respiro profundo y sigo:

—La belleza no es una palabra que no entre en mi diccionario cosmético particular. Soy hermoso, amigo, y por favor, no se preocupe demasiado por eso. Creo que usted lo mezcla todo, y la mezcla tiene sus inconvenientes. Se puede mezclar con medida para obtener determinados resultados, o se puede mezclar sin cuidado originando la confusión. Separando con cautela y no quedándose estúpidamente obnubilado por los cuernos de una vaca, mi buen amigo, se podrá ser feo y se podrá ser, contrariamente y al mismo tiempo, de lo más hermoso que uno se lo pueda imaginar.

Dalmacio carraspea y me doy cuenta de que tengo que apurarme porque o bien se está quedando dormido, o bien no encuentra una manera mejor de despertarme de tanta tontería.

Me apuro:

—Usted esquivó malamente la política, amigo Vélez, y si me lo permite, le voy a aconsejar sanamente que de nada sirve correr cuando se va por el camino errado.

—Y yo le digo —me dice Dalmacio— sin el menor de los ánimos por contrariarlo, que usted es horrible en todos los casos, que si se le ha pasado por esa absurda cabeza alguna ilusión de belleza habrá llegado el momento de darle la razón nomás a sus enemigos y acordar con ellos en que está usted irremediablemente loco. Pero si se trata de dar consejos, yo me animaría a sugerirle que el que no ha nacido para ardilla es mucho mejor que no se ande trepando al pedo por los árboles.

Y se hace un hueco que parece un final.

Un hueco que, sorpresivamente, se llena de una carcajada a la que le sigue una risa tenue y mía.

Un hueco que invita a cervezas.

Un hueco oriental o argentino que es lo mismo que decir un silencio repleto de ganas de seguir filosofando hasta la eternidad.

Bebemos cervezas.

Y la cerveza tiene la ventaja de llevar su tapón unido con un alambre al porrón. Tiene la ventaja de contener alambreramente las aptitudes milenarias de mi amigo.

Pero la cerveza tiene también sus desventajas. Sin ir más lejos podría apuntar la desventaja manifiesta de duplicar las conversaciones patriotas.

Todo empieza como al descuido con una carcajada casi parroquiana del filósofo Vélez: mirá que creerte hermoso vos, vos que sos lo más feo que he visto en mi casi medio siglo de vida. Tiene su mérito, no lo voy a negar, así como lo tiene esta cerveza. Y siguen las risotadas hasta que yo, más los porrones que llevo conmigo, se lo permiten. Ahí es cuando le aseguro que puedo ser perfectamente hermoso con Dora o en Montevideo, pero me enredo desafortunadamente con las casuarinas de un parque y la gota de rocío sobre una bellota que alcanza y sobra para torcer una de las palmeras más altas que duermen en el jardín de mi hospedaje. Dalmacio alterna el llanto con la risa y yo me siento morir repleto de lúpulo uruguayo. No quiero hablar una palabra más con ese estúpido cordobés pese a lo cual lo abrazo o me siento abrazado por él cada dos o tres palabras.

En algún momento, aunque me resultaría imposible aclarar en cuál o en qué parte de la charla ocurre, me las ingenio para explicarle que la cerveza es el contrario de la malta, pero que eso de lo único que nos habla es de la pobre existencia del alcohol, es decir de la política, le digo, y él me dice que soy un borracho hijo de puta y que mañana me espera en el café del puerto para seguir con tan hermoso diálogo o para que presentemos caballerosamente nuestros respectivos padrinos para el inevitable duelo de fealdades.

Le digo que sí y todavía me hago con algunas pocas fuerzas como para argumentarle que le estoy diciendo que sí sólo porque es lo contrario del decirle que no.

Entonces me manda a la mierda.

Creo que con justísima razón.

Lo que se aprende en toda una vida se puede escribir

en un hotel oriental en unas pocas líneas.

Dalmacio es un gran feo, uno de esos feos que hacen que la belleza no sea más que una palabra ridícula, sin ningún sentido. Aunque de cualquier manera, me siento asquerosamente borracho y desconfío completamente de lo que acabo de escribir.

Me olvidé de regalarle el Facundo al filósofo.

Puede que se lo lleve mañana.

O pasado.

O no se lo lleve nunca.

SEIS

No sé.

Quizá sea la cerveza o quizá sea que los sábados sólo permiten extrañar aquello que no se conoce. Vuelvo a repetir que no lo sé. Lo único cierto es que es sábado y que me desperté extrañando Buenos Aires.

Y no pienso escribir que la resaca de cerveza es la peor de las resacas. No pienso escribirlo aunque de veras lo piense. Prefiero escribir que he desayunado tarde pensando en los sábados y en los contrarios: si el sábado es el día que Dios dedicó por entero a crear al hombre, es presumible que lo contrario del sábado sea la muerte, el final de la creación. Voy a cumplir treinta y cinco años y, sin ánimo de duplicar el Génesis, debo afirmar que amo este sábado y que extraño perdidamente a Buenos Aires aunque jamás la haya conocido y aunque quizás jamás la llegue a conocer.

Me levanté y, a pesar de todos los pesares, desayuné solo junto a la ventana de siempre. Saludé cortésmente al mozo simpático y también al otro. Tomé mi café comprobando a la pasada que las casuarinas seguían en su sitio y me volví velozmente a la habitación sin darles la oportunidad de que me arruinaran el día. Volví y todo está tal y como estaba antes de que bajara a desayunar.

Y en paz.

Que los uruguayos no limpien ni acomoden los espejos.

Siempre pensé que el hombre en cuya mesa se amontona el trabajo de ayer, nunca puede hacer planes para hoy. Por eso es que trataré de olvidar una conversación infinita que tuve con un amigo de lo más alcohólico. La trataré de olvidar aunque el plan para hoy sea, presumiblemente, otra conversación igual de infinita con el mismo amigo alcohólico.

Pero espero mucho más para hoy: espero que este sábado sea también la ilusión de un nuevo encuentro con Dora o con Buenos Aires.

Espero.

Y mientras espero sería bueno contradecirse y revisar alguno de los dichos del más cercano pasado montevideano. Se ve que no estoy en condiciones de olvidar casi nada.

El discurso filosófico cordobés de la víspera se amparaba demasiado, para el gusto de mis inmensas orejas, en la palabra ausencia; y ahora que los efectos de la cerveza también se han ausentado, se me ocurre pensar que no parecen estar del todo equivocados aquellos que sostienen que el gran diestro del destape oriental resulta por demás sospechoso, políticamente hablando. Un jurisconsulto de su talla, de su horrorosa talla si se me permite, no puede ignorar que al insistir tanto sobre las ausencias de lo único que se está queriendo discursear es acerca de las faltas; y las faltas, además de ausencias entrañables, también son delitos o, por lo menos, infracciones graves contra la sociedad que de alguna manera deben castigarse ejemplarmente.

Me queda clarísimo que para el doctor Vélez la fealdad nuestra es poco menos que un delito; un delito infamante para con la belleza patria; una infracción que necesariamente debe ser castigada con el exilio. Es evidente que la postura dálmata suena a profundamente perogrullera, y, por lo tanto, definitivamente rosista.

Debo estar alerta esta tarde en el café: el aceite y la verdad siempre terminan por salir a flote.

Tocan a la puerta.

Era el idiota.

Escudándose cortésmente en que mi excesiva velocidad a la hora del desayuno le había hecho imposible el proceder con diligencia en el aseo de la habitación, me pregunta si deseo alguna cosa y agrega que le encantaría saber si tengo planes de ausentarme del hotel durante la jornada sabática para de esa manera tomar los recaudos necesarios a fin de ordenar mis aposentos en ese tiempo de ausencia.

No soy estúpido.

Sé perfectamente a qué se está refiriendo y también sé que demasiada cortesía es descortesía. Le contesto que en lo que atañe a mis aposentos encuentro que todo está maravillosamente bien y que en cuanto a él, sería bastante mejor para el mundo si se fuera un poco a la mierda de una buena vez.

Se va y yo comienzo a pensar que las redes del espionaje federal son mucho más endiabladas de lo que jamás había sospechado. Intuyo que quizás haya estado confundiendo, durante mi corta estancia en esta ciudad, inteligencia con información; una confusión tan vulgar, por otro lado, que me produce un cierto escalofrío interior; un chucho que seguramente, y de estar el espejo colgado en su sitio, podría comprobarse con facilidad: estaría reflejando el encrespamiento bélico de mis cejas. Pero no lo puedo constatar ni tampoco albergo ningún especial interés en levantar por tan poca cosa el espejo constatador.

De alguna manera, creo que la tiránica maquinaria platense se parece bastante a la perfección de la perversidad. Me da vergüenza pensarlo pero siento algo así como que soy el mayor de los espías de mí mismo que pululan por los alrededores. Una barbaridad, desde luego, pero una barbaridad perfectamente posible. En Montevideo cualquier barbaridad es perfectamente posible. O, al menos, eso es lo que a mí me parece.

Pero no quiero hacer caso del gato que llora ante la tumba del ratón, tengo algunas horas libres antes de ir al café y no tengo nada de ganas de seguir esperando cosas de un sábado traicionero. Creo que finalmente llegó el momento de ir a presentarle mis respetos a Mariquita Sánchez de Mendeville.

Sint ut sunt, aut non sint.

Pero el creer parece casi siempre que fuera lo contrario del ser o del saber. Y me importa un carajo lo que piense Vélez acerca de lo que acabo de escribir o acerca de la existencia de los opuestos. Está equivocado y tengo la prueba suficiente para desenmascarar su innegable equivocación.

La prueba:

Creía que iba a ir finalmente a casa de los Mendeville; incluso podría asegurar que en efecto yo iba hacia la casa de los Mendeville. Pero no. ¿Cómo podía yo saber que me la iba a encontrar a Dora en una esquina anterior a todas mis creencias? ¿Cómo iba a poder ser lo que indudablemente no tenía que ser?

Y Montevideo se parece ahora a la más completa traición de las más sanas intenciones matutinas.

Dora me esperaba como al descuido al doblar por una esquina, cargado de transpiración y de pensamientos sobre las posibilidades coloquiales que podrían darse con la señora del cónsul francés en el Río de la Plata. Me esperaba agazapada. Me esperaba de lo más tranquila y de lo más feliz.

De lo más linda me esperaba Dora con toda su verdad de un solo lunar.

Y debo reconocer que hay cosas que posponen otras. Nadie medianamente cuerdo puede negarse a la felicidad y menos cuando ésta nos espera sonriendo en una esquina mostrándonos todos sus dientes menos uno.

Tendría que haberlo pensado en ese momento: tantos dientes no pueden sino mordernos venenosamente. Pero no lo pensé. Llegué hasta Dora y me quedé con gusto por ahí.

Con gusto.

Con gusto caminamos y reímos. Con gusto nos perdimos entre un pastizal a recordar que somos carnes que necesitan de otras carnes. A recordar la vida.

Con gusto fuimos luego a un café a encontrarnos con el peor de nuestros amigos.

Y pasaron demasiadas cosas en el café y fuera de él.
Tantas cosas que se hace necesario un poco de frialdad
marinera a la hora de llevarlo al papel con alguna intención de objetividad.

Me siento morir del asco y de la vergüenza.

Me siento un perro hambriento al que otro perro completamente harto de comida, le regaló por unos días
aquellos huesos que le sobraban.

Me siento morir de sábado y de Buenos Aires.

Pero igual intentaré contarlo todo.

Todo.

De entrada nomás advierto que la noche no va a
venir nada fácil. Me refiero a que me tengo que
agachar apenas abro la puerta del viejo antro portuario: un corchazo champañero va decididamente en-
caminado hacia la cabeza de un joven que está sir-
viendo una mesa. Por supuesto, Dalmacio nos espera justo en la mesa desde la que acaba de dispararse
el proyectil francés.

El filósofo está solo y se levanta a recibirnos de lo
más efusivamente. Pero no nos engañemos: abraza mucho más efusivamente a Dora que a mí.

Nos sentamos en cuanto alcanzamos a deshacernos
de sus apretones, es decir, después de algún rato, y
mientras chocamos nuestras copas inaugurando una nueva
serie infinita de brindis, el abogado narigón me espeta
que no sea zonzo, que las mañanas de los sábados son
demasiado lindas como para perderlas en reflexiones
tan poco serias, que si tengo alguna duda acerca de su

probidad personal lo mejor sería que lo discutiésemos como caballeros.

Y, desde luego, el resto de la tarde y de la noche no son otra cosa que una gran discusión caballera con olor a champaña. Una discusión absolutamente al cuete en la que no se jugaba nada importante pero en la que yo lo perdí casi todo.

—No me diga nada —me dice— sobre la ausencia y la falta. No me lo diga porque me lo va a decir mal y me lo va a decir mal porque lo pensó mal. Por eso.

A lo que yo le contesto que muchísimo mejor para los dos sería si no se metiera con mis pensamientos mañaneros, que no tiene ningún derecho. Él, entonces, me explica que no se está metiendo con ningún pensamiento matutino mío y que en cuestiones de derecho el único habilitado para hablar en esa mesa es él. Que reconoce que nombró redundantemente a la ausencia en cierta charla olvidable, pero que si lo hizo fue con el saludable propósito de oponerse con tenacidad a mi vehemente actitud pro contrarística; que lo del exilio era un invento mío del que él no tenía por qué hacerse cargo.

Yo le digo que ganaríamos mucho si dejáramos las cosas en el sitio tranquilo en donde estaban cuando al entrar un corcho me rozó la cabeza. Él acepta y un nuevo corcho se prepara para zarpar hacia un blanco joven y peludo. También una sonrisa femenina se prepara para mostrar su hueco de diente a los gritos.

Y así pasa que comienzo a despeñarme desordenadamente por la tarde.

Dora está distante; están lejos sus dedos y están lejos sus caricias. Yo lo entiendo por donde siempre lo he entendido: la coquetería femenina, las ganas de agradar de otra manera. Y creo que lo entiendo mal.

Creo que lo entiendo para la mierda.

El corcho zarpa acompañado de su carcajada respectiva, y, sobre la mesa, queda solamente mi pobre inocencia. Y me dirán que no va del todo bien tanta ingenuidad con las ganas de ser presidente. Y quizá sea así nomás. No sé. Lo cierto es que se fue el corcho con la carcajada y que ahora yo me siento más solo de lo que me haya sentido nunca en Montevideo.

Jamás.

Solo, medio borracho, y con la absoluta seguridad de que mañana se viene un domingo de lo más triste.

Y como si todo esto fuera poco, acaba de empezar a llover.

> *Cuando la perdiz canta*
> *nublado viene:*
> *No hay mejor señal de agua*
> *que cuando llueve.*

Seré presidente pese a todos los corchos y las carcajadas. Y que nadie me pregunte por qué es que me he acordado de esta estúpida copla justo en este desgraciado momento. No creo que sea un asunto que se le pueda preguntar así como así a un futuro presidente de la Nación argentina.

Pero mejor sigo contando lo que ocurrió en el café:

Apenas concluir con una de sus mejores carcajadas, Dora pide la palabra para informarnos que no entiende prácticamente nada de lo que estamos discutiendo. Señala que si bien está convencida de que su tarea en esa mesa no pasa necesariamente por comprender de lo que se está hablando, sí está segura, en cambio, de que para desarrollar sus exabruptos risueños con cierta idoneidad, sería menester estar por lo menos al tanto de algunas materias que ignora. Advierte, creo que con justísima razón, que de otra manera se verá obligada a reírse intermitentemente y sin ninguna medida más o menos racional ocasionando a sus contertulios, aunque sin desearlo, más molestias que alegrías. Nos pide humildemente que tengamos en cuenta sus ruegos, que por favor no lo tomemos a mal.

Y yo no lo tomo a mal.

Le explico cariñosamente que ayer debatimos con el tío Vélez acerca del concepto de belleza y que, como era de esperar, no llegamos a ningún acuerdo satisfactorio sobre el tema. Entonces ella me dice que lo que acabo de informarle no le facilita para nada su trabajo, que de eso ella ya se había dado perfecta cuenta con sólo escuchar nuestra conversación y que el cariño a veces no nos deja entender lo que están necesitando aquellos por los que sentimos ese cariño. Me callo. Me callo porque la lógica nunca caminó muy cómoda a mi lado. Me callo porque entre otras cosas me siento morir.

Dalmacio entonces toma la palabra, además de un trago larguísimo de champaña. Y también, si es que hay que contarlo todo, le toma nada disimuladamente la mano a la mujer:

—El visitante chileno que nos acompaña tan amablemente en estos brindis concibe a la belleza como lo
opuesto a la fealdad, un argumento para mí de lo más
simple. Pero no contento con eso, sugiere que a pesar
de que todos llevamos ojos en la cara para mirar y que
lo miramos, él es hermoso. Yo, en cambio, pienso que
la fealdad no es la ausencia de belleza sino otra cosa. Y
eso porque además de orgullo también tengo espejos
en mi casa. No sé si me comprende, señora.

—Lo comprendo perfectamente, doctor, también en
mi casa hay espejos —responde la desvergonzada.

—Bien, lo que sucede es que nuestro amigo hace
más caso de las palabras que de los argumentos y así es
que se ha agarrado de una cierta repetición mía para
inventar un mundo de estupideces políticas. De cualquier manera, y si no le importa, me gustaría conservar
por un rato más su mano junto a la mía, empiezo a sentir
un caluroso apego hacia sus carnes.

—Es un placer —le contesta ella, y yo me siento cada
vez más pequeño y más feo.

Más insignificante.

¿Debería haber tomado otra actitud? Una actitud más
defensora de lo que consideraba mío. ¿Podía hacerlo?
¿Tenía derecho a hacerlo?

No lo sé.

De cualquier manera ésas son las típicas preguntas
que surgen bastante después de conocer todas las respuestas. Son las típicas preguntas que nos hacemos de
noche, solos, y en un hotel inmundo.

Lo único cierto es que en ese momento me pareció que las cosas no excedían el estricto marco de la cortesía cafetera. ¿Cómo podía saber que lo que se estaba gestando en aquella cordial mesa era mi completo desastre amoroso? ¿Cómo?

No soy adivino.

Ni siquiera soy uruguayo.

—Señores, no está en mi ánimo contemporizar y, como no está en mi ánimo, no me gustaría que me malentendieran. Yo pienso que ni una cosa ni la otra. Si bien la fealdad no es lo contrario de la belleza, tampoco me parece que puedan ser consideradas livianamente como conceptos independientes entre sí. Lo lamento profundamente, señores, pero tendré que excederme en mis atribuciones risueñas. Cuando las cartas vienen mal barajadas se necesita imperiosamente de la ayuda de una nueva mano.

—Eso es lo que yo le estaba diciendo, querida -comenta con exagerado entusiasmo el gran descorchador argentino—, le estaba diciendo que jamás había tocado unas manos tan calientes como las suyas.

Yo estoy perdido desde hace un buen rato.

Y perdido por perdido lo único que se me ocurre hacer es seguir fumando en silencio. Creo que a esta altura de los acontecimientos he conseguido convertirme sin esfuerzo en un feo perfectamente invisible.

Pero todavía queda más.

—Ambos están equivocados de medio a medio, señores —irrumpe la señora de las manos calientes—. Pienso que la mentira no es lo contrario de la verdad sino lo contrario de sí misma, es decir, otra mentira. Y lo mismo pasa con la fealdad. Ni la verdad ni la belleza existen, son puras mentiras y entre las mentiras no caben ni las oposiciones ni las gradaciones. Solamente cabe el amor.

No se me escapa que mientras Dora está pronunciando las últimas palabras, también se las está ingeniando para abrirle la bragueta al gran jurisconsulto cordobés. Tampoco se me escapa que ya es demasiado tarde para reaccionar: hace rato que soy perfectamente invisible para los otros dos habitantes de aquella mesa. Sólo atino a prender otro cigarro, quiero perderme entre las nubes del humo, taparme si es que me queda, todavía, algo destapado.

Una moraleja:
Nunca aguardes a que el fruto caiga sobre tu cabeza. Si es blando se deshace y si es duro te hiere.

Dora ha llegado bastante más lejos de la bragueta del hombre y yo comienzo a cansarme de mi invisibilidad.
Decido actuar.
Llamo al mozo y le pido otra botella.
La mujer se ríe aunque no por ello deje de mover exageradamente sus manos debajo de la mesa. El joven me alcanza la champaña y yo apunto deliberadamente hacia el ojo izquierdo de Vélez.
Está demás decir que yerro.
Lo que no está de más, me parece, es aclarar que le

pego el corchazo a Dora exactamente en el lunar. Aunque no haya sido mi verdadera intención, no están las cosas, me parece, como para explicaciones. Así que me levanto y me voy.

Me siento morir y en el café no se escucha ninguna carcajada compañera que me devuelva la vida.

Moraleja final de este sábado de mierda:

La lluvia cae siempre en la casa que tiene el techo más agrietado.

Trataré de dormir.

SIETE

Llueve.

Y no voy a volver a escribir por eso ninguna estúpida copla alusiva al tema. En verdad, no tengo ganas de escribir coplas ni fuerzas para escribir ninguna otra cosa.

Nada.

Muchas mañanas se parecen a la nada. Esta mañana, por ejemplo, es una de esas. Y aunque nunca me gustaron los domingos, creo que el nombre del día, o el mío propio, muy poco tienen que ver con esta nada que casi no me deja respirar.

Quizá tenga razón la desleal Dora. Quizás el amor no sea lo contrario del odio ni ninguna de sus posibles gradaciones. Quizás todo sea una gran mentira, y en ese caso, sería muchísimo más inteligente de mi parte no andar perdiendo el tiempo con tanta tontería romántica. En el fondo, quizás de lo único que se trate en esta vida es de saber poner las manos en aquellos lugares en donde son bienvenidas. Como lo hizo ella o como antes lo había hecho el inmundo abogado mediterráneo. Pero, ¿y yo?, ¿qué hago?, ¿en dónde mierda pueden ser bienvenidas mis torpes manos?

¿En dónde?

Me siento morir del asco y de la vergüenza.

Y aunque no tenga ganas de escribir, tal vez estos papeles sean el único de los sitios que conozco en donde mis manos son irremediablemente bienvenidas.

Llueve.

Y el papel no puede irse con otro.

Estoy seguro que escribir es lo más parecido al amor eterno o, al menos, es lo único que tengo al alcance de mi mano este domingo de porquería.

No quise ir a desayunar.

Pero fui y desayuné.

No quise mirar hacia el parque pero no pude quitar mis ojos de las casuarinas y de las fuentes. Tampoco quise volver luego a la humedad de mi habitación y aquí estoy de todos modos.

Aunque parezca un tópico de mal gusto, todo hace suponer que hacer lo que no se quiere hacer es la mejor definición de la desgracia de haber nacido ser humano feo y pelado, además de extranjero.

Y la única manera de terminar con tantas dolencias, con tanta soledad, puede que sea el intentar al menos querer algo. El segundo paso, aunque ya nos internaríamos en cuestiones de lo más complicadas, podría ser el hacer ese algo que queremos. Pero no sé. No estoy seguro de que en estas precarias condiciones me pueda dejar llevar tan fácilmente por una ocurrencia personal.

Muy enmarañado lo veo.

Tan enmarañado que no se me ocurre que pueda querer otra cosa, esta mañana, que el dejarme morir de tristeza. Y no creo que dar el segundo paso en ese sentido me vaya a hacer mucho más dichoso sino solamente un poco más muerto.

Me voy a casa de los Mendeville.

Después de todo, y a pesar de las lágrimas, sigo siendo un turista que llegó a estas playas con un papel arrugado en el bolsillo. Un turista con un par de direcciones de lo más destrozadas, pero turista al fin.

Me voy.

Salí a las calles en busca de alguna resurrección y sólo encontré la lluvia. Una lluvia fina, lenta, que me llegó hasta el fondo de los huesos.

Pero no encontré nada.

Nada en las esquinas ni nadie en la casona del cónsul.

Aunque quizás lo que quiera decir sea bastante más sencillo: lo que quiero decir es que no resucité, que sólo me mojé un poco. Los sirvientes de la señora de Mendeville me informaron que ella pasaba ese domingo, como todos los domingos de su apacible vida uruguaya, en la quinta de Pocitos; que entendían perfectamente que al ser yo un turista venido desde tan lejos no supiera las costumbres del lugar; que lo que no entendían tan fácilmente, sin embargo, es que hubiese tardado una semana en golpear a la puerta, que la ciudad no era tan grande, pero que de cualquier manera ellos se iban a encargar de informarle a la dueña de casa acerca de mi acuosa visita; que muy buenas tardes y que tuviese cuidado con los resfriados veraniegos porque suelen ser de los peores.

Muchas gracias, pero nada. De qué sirven los consejos si ahora me encuentro nuevamente en mi estúpida habitación, solo y más triste, si cabe la posibilidad, que cuando salí.

Y tengo que aceptar que no resulta nada simple conocer a Mariquita Sánchez, y eso muy a pesar de que Montevideo, como lo dieron a entender sagazmente sus sirvientes, no sea más que una aldea gorda y de lo más mojada.

También debería aceptar que no me quedan muchas más cosas para probar este domingo. Quizás ya se vaya haciendo hora de pensar seriamente en dejarme morir del asco y de la vergüenza de una buena vez. A veces resulta por demás cierto aquello de que la sombra del deforme también es deforme.

Bajé a almorzar y no sé si será por el impredecible efecto del estómago lleno o por algún otro efecto que en este momento se me escapa, pero no termino de comprender lo que quise decir cuando escribí mi última frase famélica.

¿La sombra del deforme también es deforme?

Si quise decir algo con esa frase que nació evidentemente de la intensa hambre, creo que ese algo que quise decir se me escurre absolutamente ahora que ya comí. Lo deforme no es lo que no tiene forma, es aquello que tiene una forma equivocada o deficiente de la forma original; vale decir que "lo deforme" no es otra cosa que una sombra defectuosa de "lo normal". Y si la sombra es ya una deformidad, ¿qué carajo quise decir al duplicar las formas erróneas o al multiplicar las sombras?

Es verdad que muchísimas veces digo cosas que

no quieren decir nada. Es verdad, también, que a veces me gusta escribir frases nada más que porque me gusta luego leerlas; pero en este caso, estoy seguro de que intenté decir algo. Algo que ahora, que ya he almorzado convenientemente, no alcanzo a comprender.

Supongamos, como pienso que es lícito suponer, que yo me encuentro un domingo de febrero de mil ochocientos cuarenta y seis en la ciudad de Montevideo a punto de morirme del asco y de la vergüenza, y entonces, poco después de volver de una visita infructuosa y poco antes de decidirme a ir a comer alguna cosa mirando fijamente hacia un parque de casuarinas y palmeras, escribo que la sombra del deforme también es deforme. En tal caso, que es el caso sobre el que estoy escribiendo porque lo estoy viviendo, la deformidad tendría necesariamente que ver con el asco y con la vergüenza; tendría que ver con la profunda tristeza y con las ganas de dejarme morir de domingo en la Banda Oriental del Plata. Tendría que ver con el hambre o con las palmeras o con las quintas apacibles de Pocitos.

Pero no.

Tal vez la frase pueda tener que ver con todas esas cosas, pero a mí, que fui el que la escribí, y después de haber comido, lo único que me parece es que se refiere a que, a pesar de todas las tristezas y de todos los ascos, no vale la pena morirse en Montevideo ni en ningún otro lado. Todas las cosas parecen o son deformidades; todas las cosas son o parecen sombras de otras sombras; pero tampoco es cuestión de andarse dejando morir de tristeza porque una mujer con un lunar peludo en la mejilla izquierda y otro ficticio en la derecha encuentre que una bragueta cordobesa es mucho más apetecible que la bragueta de uno.

No puedo haber querido decir otra cosa.

Aunque.

Aunque la verdad es que sigo hecho mierda por dentro y afuera sigue lloviendo.

¿Tengo suficientes razones para estar así?

Por supuesto que las tengo.

Entonces voy a llorar un rato para ver si se me pasa de una vez por todas.

O para imitar un poco al día.

Voy a cumplir treinta y cinco años y temo que este pueda ser mi final. Mi estúpido final.

Sigue lloviendo, y mientras llueve, pasan por lo menos estas cosas:

Dora debe estar hincando todos sus dientes menos uno sobre la bragueta de un viejo amigo que tenemos en común; Mariquita Sánchez de Mendeville, viuda del capitán Martín Thompson, pasa el domingo, como todos los apacibles domingos uruguayos, en su quinta de Pocitos; yo, un rato antes de suicidarme y después de haber llorado abundantemente, decido firmemente no pecar más y echarme a dormir una buena siesta aunque no sea una hora propicia para dormir la siesta o aunque la decisión de dormirla no sea tan firme como en un principio lo pueda parecer.

Estoy harto de llorar.

He dormido la siesta.

Y aunque me siento casi igual de triste y de solo, creo haber recuperado alguna lucidez. Y con esa alguna lucidez, me animo a afirmar que estuve equivocado de medio a medio al respecto de las sombras y de las deformidades.

La sombra del deforme no puede ser deforme o, en el mejor de los casos, es tan deforme como la sombra de cualquier otro individuo excelentemente formado.

Ahí está el error.

En escuchar antes de actuar.

En darle tanta importancia a la palabra ajena y ninguna a los sentimientos propios. Dora, quizás, lo podría explicar bastante más gráficamente, podría decir que el soldado que se come la gallina del teniente llegado el momento tendrá que devolverle por lo menos una docena de vaquillonas.

Ahí estuvo el error.

No se puede escuchar impunemente el cacareo de nuestra gallina preferida mientras el teniente se nos lleva lo mejor de nuestro ganado avícola enfrente mismo de nuestras propias y anchas narices. Si el teniente le pone una mano encima a nuestra pájara predilecta, nosotros deberíamos haber reaccionado rápidamente y haberle puesto a ella la mano allí adonde a veces hay que ponerla para defender nuestras pertenencias. Y si una mano se extraviaba por una braugeta equivocada, todavía quedaba otra mano para recordarle el buen camino.

Ese fue el error.

No puede uno hacerse invisible justo en el momento en el que todos esperan que uno se haga invisible.

Tampoco se puede ni se debe equivocar el camino de un corcho gálico justo cuando el teniente está esperando esa señal para irse a retozar del gusto con nuestra ave.

Creo que lo único que quise decir cuando dije eso de que la sombra del deforme también es deforme, es que estaba hecho mierda y que no entendía nada de nada.

Creo que lo único que quise decir es que estaba solo. Completamente solo.

Y ya está.

Ahora queda el resto.

Quiero decir que ahora solamente quedo yo con mi asco y con mi vergüenza.

O con mi sombra.

¿Cómo se llega a ser presidente después de un domingo como este domingo?

¿Cómo se llega a cumplir los treinta y cinco años cuando todavía falta tanto tiempo?

¿Cómo se termina con un día así?

¿Cómo se termina con él para que él no termine con nosotros?

¿Cómo?

Acabo de escribir "nosotros" y me doy cuenta de que desde hace un buen rato no hago otra cosa que pensarme en plural. Si hacía falta todavía alguna prueba de mi total soledad, creo que ya la tengo.

Pero de todas maneras, ¿cómo se termina con un día así? ¿Cómo?

Me voy a dormir.

Creo que es la manera más sana de morir.

O, por lo menos, la única manera cristiana permitida de suicidarse.

II

"Tant'é amara che poco é piú morte;
ma per trattar del ben ch'io vi trovai,
diró dell'altre cose ch'i' v'ho scorte."

DANTE, Canto I del *Infierno*

OCHO

Y el milagro de la resurrección llegó con unos golpes tímidos a la puerta. Golpes que no auguraban en principio nada bueno pero que sin embargo traían consigo una esperanza: la posibilidad de salir finalmente del pozo al que me había arrojado la ingratitud de una colosal hembra uruguaya de nombre Dora y de costumbres amorosas de lo más cambiantes.

Paso, seguidamente, a relatar la sencilla forma en que se produjo el milagro de marras:

De por entre los golpes, la voz del joven amable me informa, poco después de pedirme miles de disculpas por tener que importunarme en mi muy merecido descanso matinal, que acaba de llegar un mensajero de la familia Mendeville para invitarme a compartir el almuerzo con ellos. Abro la puerta pero no le respondo nada. Y no es por mala educación ni por falta de interés; si no le respondo nada es simplemente porque además de estar todavía profundamente dormido, en el fondo, no lo puedo creer. El mozo tose acompañando la tos con un movimiento casi oblicuo de las cejas y acompañando todo eso, es decir la tos más la oblicuidad de las cejas, con un gentil y esclarecedor: estimado señor, le vuelvo a pedir miles de disculpas por importunarlo en su muy merecido descanso matinal, pero debe saber que el mensajero de los Mendeville está aguardando allí abajo su respuesta.

Inmediatamente me despierto y le digo que le avise por favor que sí, que por supuesto, que a más tardar en un par de horas estaré allí, que muchas gracias, que no se moleste por mí, que no me espere, que conozco perfectamente el camino hasta la casa, que esta vez no me voy a perder en ninguna esquina previa, y, por último, le repito que otra vez muchísimas gracias.

El chico se va, vaya uno a saber pensando qué porquerías acerca de mi incoherente discurso, y yo me quedo solo a disfrutar del milagro.

A disfrutar de mi resurrección.

Me quedo un rato soñando con que otro Montevideo es posible, un Montevideo huérfano de Dora pero no por eso menos apetecible.

No sé si alguna vez seré presidente. De lo que sí estoy seguro esta mañana es de que ya no me quiero morir. No me pienso suicidar justo una semana antes de mi cumpleaños número treinta y cinco.

Loado sea Dios.

Y Mariquita.

No pienso morirme.

No he desayunado.

Apenas si he tenido el tiempo suficiente como para colocar el espejo en su correcto sitio de la pared; para tirarme unos cuantos litros de agua a la cara con la casi imposible finalidad de despertarla y, si cabe, deshincharla un poco; para mirarme intermitentemente en el susodicho espejo mientras me pruebo cada una de las escasas vestimentas que traje conmigo desde Valparaíso; para odiar hasta lo indecible mi falta absoluta de previsión acerca de las vestimentas que iba a necesitar para el viaje; para peinarme lo mejor que puedo mis cuatro pelos laterales y posteriores; para extrañar la falta de cierta romántica peluca transandina; para sentirme asquerosamente feo y recordar con afecto que el suicidio siempre es una posibilidad al alcance de cualquier mano por más fiero que sea el dueño de esa mano; para ensayar algunas muecas simpáticas o antipáticas. Apenas si he tenido el tiempo suficiente como para preguntarme si lo que corresponde para la ocasión es un sobrio apretón de manos o un efusivo beso en cada mejilla; si conviene más el tratamiento de "señora Mariquita" al de "señora de Mendeville" o el de "Madame" al de "consulesa"; si vale más una tranquila sonrisa al entrar, o si, en cambio, conviene un gesto de lo más rudo e imponente.

No he desayunado.

Apenas si he tenido tiempo.

Mejor me voy de una buena vez y que sea de este lunes lo que Montevideo quiera que sea.

Ya he vuelto.

Y no quiero exagerar pero me parece que han pasado por lo menos diez lustros desde que me fui.

No he querido bajar el espejo al piso. Tampoco he querido darlo vuelta. Es más, no he hecho otra cosa desde que llegué que mirarme fijamente al espejo buscando encontrar en él alguna respuesta a la multitud de interrogantes que recorren desordenadamente los más profundos surcos de mi abultada cabeza.

Ya he vuelto y creo firmemente que a veces los milagros se reproducen con mayor facilidad que una pareja
joven de mosquitos sudamericanos.

Ya he vuelto y quizás las cosas que vaya a contar en
el futuro inminente de estas páginas puedan parecer un
tanto exageradas para las mentes demasiado pacatas.
O quizás puedan parecer inverosímiles para aquellos
que siempre andan recelando de las increíbles posibilidades de los cuerpos ajenos. Aunque lo más seguro
sea que a nadie le importe un carajo mis muchos y
porfiados sentimientos.

¿Y con eso?

Nada.

Que ya he vuelto y que lo más verdadero que haya
escrito o que vaya a escribir jamás se puede resumir en lo
que sigue: no quisiera haber vuelto.

No quisiera haber vuelto.

Mariquita...

De eso se trata, claro.

Mariquita me espera en la puerta.

Va vestida de blancos y de crudos con puntillas, el
pelo recogido por detrás y más de cinco docenas de
rizos castaños cayéndole desde todos los rincones de su
cabeza. Y es muy malo cualquier plan que no admita
cambios saludables sobre la marcha. Quiero decir que de
nada sirve preparar minuciosamente los encuentros futuros frente a un espejo húmedo de hotel, cuando en

realidad, lo que ocurre generalmente es que los encuentros se encargan de confundir con facilidad nuestras posibles claridades anteriores.

Mariquita me espera en la puerta con una sonrisa gigantesca y los ojos apenas entreabiertos.

Y me pregunto, ¿quién fue el grandísimo hijo de puta que me dijo que esta portentosa mujer argentina era una vieja remilgada que ya había cumplido largamente los sesenta años?

Cuando la veo cambio inmediatamente de planes: le doy un fuerte apretón de manos que me alcanza y me sobra para atraerla con furia hacia mis labios. Y mis belfos no desaprovechan la oportunidad, le estampan dos tremendos besos, uno a cada lado de su minúscula nariz.

Mi cabeza se pierde entre las más de cinco docenas de rizos castaños y eso es sólo el comienzo y aunque ése sea sólo el comienzo, yo ya sé que me gustaría perderme para siempre por allí.

Me hace pasar en cuanto puede desembarazarse risueñamente de mis torpes deseos.

Y entramos.

Estamos solos.

Nos sentamos en un sofá.

Ella no para de decir mentiras y de gritar barbaridades con la perfecta gracia de una doncella. Yo tengo una erección incontrolable, una erección impresionante. Una erección tan porfiada que me siento por primera vez en mis casi treinta y cinco años, al límite mismo del decoro varonil.

Es decir que:

Quiero tirarme encima de ella y hacerla mía, romper el

sofá y que si quieren, después me encarcelen en el Uruguay o me pongan en el peor de los cepos del Luján o me arrojen al Río de la Plata con una piedra pesada atada al tobillo o me deporten a la Cochinchina o me hagan leer todo lo que he escrito a lo largo de estos casi treinta y cinco años de vida.

Estoy socialmente perdido y sospecho que ya nunca me volveré a encontrar si no es retozando a mis anchas, como el más feliz de los mamíferos, sobre ese viejo cuerpo curtido de amores pasados y de patria.

Y cuando ya estoy a punto de lanzarme sobre ella, como lo podría hacer el peor de los pilíferos caudillos pampeanos, un caballero detiene sin saberlo el atentado. A ella la salva del ataque despiadado y a mí de los posibles sinsabores del calabozo o del cepo o de la·deportación o del fusilamiento o, en el peor de los casos, me salva de la lectura infinita de mis propios escritos.

De cualquier manera, y mientras escucho apenas que el hombre nos pide que pasemos por favor al comedor que el pavo ya está servido, no puedo dejar de reconocer que siento un sabor de lo más amargo en los labios, un gusto muy parecido a la derrota, un desconsuelo mayúsculo. Todo eso siento y, contemporáneamente, casi la misma incontrolable erección que poco antes de la fastidiosa entrada del estúpido servidor de pavos.

Mariquita...

Sobre las erecciones:
Sobre las erecciones se pueden decir muchísimas co-

sas en pro y muchísimas cosas en contra; por ejemplo, se puede decir que son: formidables o asquerosas, maravillosas o incómodas, astutas o delatoras, seniles o ingenuas, verdaderas o fraudulentas, gloriosas o mezquinas, arrogantes o demasiado humildes, precipitadas o retardadas, excesivas o escasas, bellas o feas, unitarias o federales, largas o cortas, dulces o amargas, y miles de etcéteras o de etcéteras. Pero que todas ellas, en cualquiera de sus dos variantes multiplicadas, están íntimamente ligadas al varón, creo que es algo que está fuera de discusión, algo que nadie en su sano juicio podría negar.

Pero yo lo voy a negar.

Y estoy en mi sano juicio, o, al menos, estoy en el mismo sano juicio en el que he estado siempre.

Mi erección de esta mañana fue, conservando un cierto orden que nada tiene que ver con su magnitud, más o menos así: dulce, violenta, formidable, incómoda, delatora, ingenua, verdadera, caliente, gloriosa, arrogante, precipitada, excesiva, bella, agradecida, federal (muy a pesar mío), interminable, y etcéteras de lo más diversos aunque siempre hermosos dentro de su diversidad.

Pero no fue varonil.

Fue una erección enteramente argentina.

Argentina, y, por lo tanto, inhumana, austral, sin destino, llana, incomprendida, alegre al mismo tiempo que triste, guaranga, fanfarrona, desubicada y casi bestial. Pero mía. Hermosa.

Eso.

Quiero decir que en este caso la erección no estuvo tan íntimamente ligada a mi condición de varón como lo estuvo de las más patriotas sensibilidades rioplatenses.

Quiero decir que, al menos esta erección, fue una forma del ser argentino.

Su manera más exagerada.

Quizás, y generalizando hasta la temeridad, me gustaría afirmar que el ser erecto es la única forma auténtica de nuestra nacionalidad.

Así lo creo.

Entonces, y para terminar con el tema, digo:

Que no se puede ser argentino, sin distingos genéricos, si no se está erecto al menos de alguna cosa.

Comemos el pavo a solas.

Madame Mendeville está preciosa.

Monsieur Mendeville, en cambio, no se encuentra en la ciudad ni en el país. Monsieur Mendeville viajó al Paraguay y nadie sabe a ciencia cierta cuándo es que regresará.

Escucho tanta soledad mendevilleana y no puedo más que volver a sufrir una nueva y gigantesca erección. Pero esta vez me erecto de otra manera, de una manera más infantil, casi tranquila: me amparan la mesa y el mantel. También el pavo. Estoy lejos del alcance de los ojos de mi anfitriona aunque sé perfectamente que el secreto de la fiera lo guarda siempre el alma del cazador. Quiero decir que sé perfectamente que ella sabe perfectamente de mi renovado empinamiento genital.

También sé que me encuentro a su merced.

Trato de hablar: el país, el general Paz, Urquiza, Rosas, Chile, los viejos días de Mayo, el difunto capitán Thompson, las fiestas porteñas. Trato de hablar pero creo que se nota demasiado que me esfuerzo en tratar de hablar.

Me siento indefenso, igual que como me he sentido desde que puse el primer pie en las tierras orientales del Uruguay.

Pero ella me pide que por favor no me sienta tan desdichado, que pruebe el coñac, que lo trajo su esposo de Francia, que está muy rico y que no es cierto que en Montevideo la gente sea más perceptiva que en el resto del planeta, al menos de la gente de la parte del planeta que ella conoce, que lo que pasa es que existen personas que son mucho más transparentes que otras y que yo soy, para mi desgracia o para mi suerte, una de esas personas.

Comemos el postre en silencio y cuando terminamos ella me ofrece pasar al salón; yo, mientras le pido infinitas disculpas transparentes, le respondo que preferiría tomar otra copa de ese coñac tan rico que trajo su esposo de Francia, sentado a la mesa. Me dice que sí, que no hay problema. En realidad, el único problema de esa tarde lo tengo yo: sigo tan erecto como al inicio de la comida y me da muchísima vergüenza tener que pararme en esas tan desproporcionadas circunstancias.

Pero, inesperadamente, la situación se transforma súbitamente. Me refiero a que antes de que llegue el mozo con el licor, yo vuelvo a encontrarme sin ningún levantamiento físico inoportuno. Entonces me animo y le digo que le pida a su ayudante que lleve la copa al salón nomás. Y tan feliz que me siento cuando se lo digo; sólo que la felicidad es una mentira que dura demasiado poco: ella me explica, mientras se acomoda una de las cinco docenas de rizos castaños que le cuel-

gan tan espontáneamente de la cabeza, que no tengo
por qué ser tan vergonzoso, que una mujer de la edad
que ella tiene puede entenderlo prácticamente todo. Y
si la apuran, todo.

Mariquita...

Estamos de vuelta en el salón.

Estamos cómodos en el salón.

Yo bebiendo mi coñac y ella alisándose la falda.

Entonces se me ocurre la estupidez de contarle
algo de lo que me enteré sobre la marcha de la guerra en *El Comercio del Plata*. Pero ella me corta el
discurso y sé que con su corte discursivo se acaban
para siempre las comodidades. Sé que comienzan
ratos difíciles.

Me dice que ya está bien de política y de guerras,
que es hora de que hablemos un poco del amor, que
por qué mejor no le cuento algo de Montevideo y de
sus mujeres, que, hasta donde ella sabe, en ninguna de
las dos cosas me ha ido para nada mal.

Y yo me quedo en blanco, sin respuestas: lo único
que se me ocurre, para salvar medianamente la situación, es apurar la bebida. Por supuesto, ella me sugiere
que no me apure, que para que las respuestas salgan
como deben salir lo mejor es esperar a que lleguen ellas
naturalmente.

Y tiene razón.

Reconozco que tiene toda la razón.

Voy directamente al grano: le digo que Montevideo
es demasiadas cosas y que entre tantas cosas como es,

yo me quedo con una copa de coñac en ese salón.

Entonces me pide que me deje de pendejadas y que si tanto me cuesta hablar de la ciudad, que empiece por hablar de las gordas mujeres uruguayas.

Y también tiene razón.

No me quiero suicidar, aunque todo parece indicar que debería haberlo hecho hace ya muchísimo tiempo. Le digo que no he conocido ninguna gorda uruguaya que valga más que uno solo de sus rizos castaños. Y ella me responde que las frutas demasiado dulces siempre tienen algún gusano escondido. Y no me cree, por más que se lo juro y se lo vuelvo a jurar, que no escondo ningún gusano detrás de mis dulces palabras.

Y ahora es ella la que me dice que ya está bien y que lo mejor es que me vuelva al hotel a revisar con tranquilidad por entre mis azucarados pensamientos si es que se esconde o no se esconde por ahí algún gusano de lo más retorcido. Me dice que quizás el coñac haya sido lamentablemente demasiado rico y que espera de todo corazón que para mañana a la hora del té vuelva a su casa con la cabeza bastante más despejada y con ganas de hablar un poco de Montevideo y de sus mujeres.

Me voy.

Me voy de lo más empalagado pero sin ninguna erección gusana de despedida.

Me voy pensando en el té de mañana.

Mariquita...

Y sigo esperando a que llegue por fin la hora de ir a

tomar el té con la mujer de mi vida. Porque es eso: la mujer de mi vida.

Sí.

Estoy de lo más enamorado que he estado nunca y sigo buscando respuestas en un espejo demasiado silencioso, para mi gusto, que está colgado en la pared de la habitación justo a la altura de mi enamorada cabeza.

Y me podrán decir que ésta es una más de mis acostumbradas exageraciones, que no se puede estar otra vez enamorado cuando todavía no han pasado ni siquiera dos días desde el lamentable desenlace de mi último gran romance. Pero yo afirmo que sí, que es perfectamente posible, que la quiero y que la prueba palpable de mi amor la tengo erguida justo debajo de mi pantalón.

Soy así y así sigo buscando gusanos por entre los dulces.

Pero a decir verdad, o soy todo yo un grandísimo gusano y no tengo la valentía para reconocerlo, o lo azucarado de mi corazón más una excesiva mudez del espejo me hacen imaginar que la equivocada es ella y no yo. Ella, la maravillosa dueña de más de cinco docenas de rizos castaños.

Y paro.

No quiero escribir más.

NUEVE

Hace un calor salvaje esta mañana.

Demasiado.

He escuchado por ahí que mientras la comadreja duerme, en realidad, no hace otra cosa que contar gallinas en sus sueños. Y debe de ser verdad. Si esta noche que pasó he dormido bien es porque he soñado mucho.

Demasiado.

Hace un calor devastador esta mañana y me pregunto: ¿qué carajo estará haciendo mi gallina a estas horas en las que todos los sueños parecen haberse ya despertado?

Mariquita...

Una forma nueva de mirar el jardín también tiene que ser una forma nueva de ver la vida:

Estoy desayunando contra la ventana que da al parque, exactamente de espaldas a Montevideo y justo a un costado de todas mis mañanas anteriores. Y pienso que debe ser eso. Esta mañana no se parece a ninguna otra: es la primera mañana en la que amo a Mariquita Sánchez y eso es lo que debe hacer que las cosas se vean tan distintas.

Tiene que ser por eso o si no, por alguna otra causa que se me escapa por completo.

¿La belleza?

Mariquita es hermosa porque sus cinco docenas de

rizos colgantes, porque sus ojos semiabiertos o semicerrados, porque sus labios húmedos, porque sus años y la cantidad de amores que pasaron, porque sus arrugas y sus canas.

Porque sus pliegues.

Mariquita es hermosa porque sí y porque yo quiero que lo sea.

Y ocurre entonces que cuando menos lo espero, se acerca el camarero simpático a decirme que la habitación ya está preparada, y aunque el acercamiento o los dichos podrían ser considerados, a esta altura de los días, una manera ingenua más de la vulgaridad turística cotidiana, a mí me parece que no. Utilizó la palabra "preparada" y no la palabra "aseada" o "lista" o "arreglada" u "ordenada"; y "preparar", a mi humilde entender, si bien tiene que ver en principio con algún momento anterior a la acción de parar, que es decir los genitales y el ayer de mi cuerpo, también es una palabra esperanzadora, una palabra saludable que se dice siempre hacia el futuro. Porque las cosas se preparan para que se paren o para que no se paren, para que salgan bien o para que salgan mal; nunca se preparan al cuete.

Entonces le agradezco la intención y el muchacho me responde que no es nada, que no tengo por qué; que se trata de su trabajo y que en cualquier caso, si ahí alguien tiene que agradecer algo, ese alguien debe ser él, porque es mucho más fácil preparar una habitación cuando el espejo está en su sitio perfectamente parado, que cuando anda tirado medio fláccido y como escondido por entre los miedos del piso; que me desea unos muy buenos días orientales.

Pero eso ya pasó.

Ahora de lo que se trata es de que justo antes de lo que acabo de escribir, había escrito que Mariquita era hermosa.

Y es hermosa, nomás.

Aunque también habría que reconocer que el amigo Vélez quizás no piense lo mismo; lo cual, dentro de todo, no deja de ofrecer sus ciertas ventajas: esta vez no me la va a quitar suciamente ayudándose de su lengua fácil y de sus manos baquianas. Que don Dalmacio se quede con la infiel Dora o con la amiga de la infiel Dora o con la infiel puta madre que las parió a las dos.

Yo me quedo con Mariquita.

Estoy enfermo de Mariquita y sólo quiero que me dejen en paz con mi enfermedad.

Sigo desayunando de espaldas al pasado del mundo.

Casi feliz.

Sin la más mínima sospecha de que se me viene encima, nada tímidamente, el otro hotelero, el idiota.

Y ataca deslealmente por detrás, como sólo lo saben hacer los asquerosos federales pampeanos. Me dice que no me incomode, que no viene a atacarme por detrás como lo haría cualquier asqueroso federal pampeano ni viene a informarme redundantemente de nada; que por favor no me moleste, que sólo quiere agradecerme en nombre suyo y en el de todo el personal del hotel que me haya decidido finalmente a conservar los muebles de mi habitación parados en la misma posición en la que siempre habían vivido con anterioridad a mi llegada. Le respondo que está bien, que no es nada, pero que de todas maneras nunca me gustó la gente que ataca por la espalda ni tampoco me gusta la gente que anda necesitando de los plurales para agradecer.

El hombre se hace el que no me escucha y, con la mayor de las amabilidades, me dice que aprovecha la oportunidad que se le presenta para felicitarme en singular por el hecho de que haya escrito un libro tan importante como el Facundo, que me lo dice sinceramente, que lo está disfrutando mucho y que piensa que ese libro es uno de esos monstruos literarios que nacen para no morir nunca, uno de esos raros ejemplares que siempre le estarán diciendo alguna cosa esencial y novedosa a sus lectores, que está emocionado de tenerme como huésped, que me considere como en mi propia casa, y ya con lágrimas en los ojos, que ignora los motivos por los que yo le demuestro tan poco afecto, que él no se siente para nada merecedor de ese cruel tratamiento, que él profesa un cariño de lo más profundo para con mis escritos y para con mi persona.

Y me desarma.

En seguida lo invito a compartir conmigo los restos del desayuno, algunas ilusiones, y casi mi vida entera.

Aunque mirándolo bien, creo que lo invito demasiado rápido: me responde que no, que no puede, que lo lamenta infinitamente pero que no le está permitido compartir los restos del desayuno con los clientes del hotel ni mucho menos algunas de sus ilusiones o su vida entera que tiene que continuar con sus quehaceres, y, ya emprendiendo la retirada, que espera de todo corazón no haber sido por demás apresurado en los elogios para con mi libro, que en realidad sólo ha tenido tiempo para leer las primeras cuatro páginas y que tal vez debería haber aguardado algunas páginas más para hacerse una idea un poco más acabada de sus genuinos valores.

No le contesto.

Prefiero no hacerlo aunque sepa que después me arrepentiré durante el resto del día de no haberlo asesinado. De no haberlo estrangulado con mis propias manos.

Se va y entonces me doy cuenta de que con la charla se me enfrió el café. Pero sólo eso se me enfrió. Ni se me enfrió el día ni tampoco se me enfriaron los pensamientos.

Todo lo contrario.

Estoy caliente y sé perfectamente que Mariquita Sánchez está a unas cuantas cuadras de mi infierno íntimo.

Demasiado lejos.

Y como el único remedio que conozco contra la calentura es hacer algo contra la calentura, decido entonces hacer algo urgente para refrescarme.

Quiero decir que decido sanamente volver de una buena vez a la habitación.

Pero falta mucho todavía para la hora del té.

Demasiado.

Y para combatir el calor o para no pensar tanto en las cinco docenas de rizos castaños que lleva en su preciosa cabeza Mariquita, me apresuro a mudar todos los muebles de sus sitios originales: el espejo otra vez al suelo, la mesa en la que estoy escribiendo junto a la puerta y la cama justo debajo de la ventana.

Después, y para que aprenda el desgraciado de ahí abajo, coloco la mitad o más de la edición chilena de mi Facundo cuidadosamente sobre el espejo.

Pero no consigo refrescarme.

Voy a cumplir treinta y cinco años y, con todo, solamente consigo poner la habitación patas para arriba.

Nada más.

Y sigue faltando muchísimo, todavía, para que llegue de una vez por todas la bendita hora del té.

Demasiado.

No sé qué hice durante las varias horas que tuve que esperar para poder tomar el té con mi amada. Creo que me fui y que Montevideo me pareció una hoguera. De todas maneras, hace ya tanto tiempo de eso que no lo podría asegurar.

Lo cierto es que me fui y lo cierto es que acabo de volver.

La habitación sigue patas para arriba y me parece que yo me parezco cada vez más a la habitación.

Y si bien debería reconocer que finalmente logré tomar el té como correspondía, al mismo tiempo, también debería reconocer que el día no me alcanzó ningún refresco: sigo exactamente igual de caliente que cuando me fui.

O más.

Llegué a casa de los Mendeville un rato antes de lo acordado con la dueña de casa y de las cinco docenas

de rizos castaños. O quizás debería decir que llegué
bastante antes, no lo sé. De todos modos, a mí no me
pareció que fuera tanto antes y como soy yo el que
estoy escribiendo, pues digo y repito que llegué sólo un
rato antes de lo acordado con la señora.

Me recibió ella misma, en persona, y me dijo algo así
como que no me esperaba tan temprano. Yo le respondí
que ésa era la hora en la que tomábamos el té los
sanjuaninos, que si le parecía mal volvería más tarde,
que no importaba. Pero ella me respondió que no, que
de ninguna manera, que por favor, que estaba bien así,
que para ella no había ninguna cosa en el mundo que
fuera más importante que el preservar las ancestrales
costumbres cuyanas.

Entré.

Y nos sentamos en el mismo sofá: yo, si cabe la posibilidad, todavía más erecto que la víspera y ella maravillosamente distante entre sus infinitos rizos castaños y
un vestido amarillo apretado.

—Entonces, ¿qué le ha parecido la ciudad?

Y sé que debería haber quitado mis ojos de sus pechos
saltones o que tendría que haberme olvidado por un rato
de tanto sexo erguido y de tanta calentura para contestarle, pero no pude.

No pude.

Sólo conseguí quedarme en silencio y mirando. Como
extasiado. Pero claro, a ella no le alcanzó, me preguntó
sonriendo si también era una vieja costumbre sanjuanina
esa de que el caballero se quede callado como un imbécil cuando una dama de la sociedad le hace una pregunta de lo más sencilla.

Ahí es cuando comprendo que si no reacciono de una

buena vez, es absolutamente predecible lo que pasará: la vehemente señora me volverá a mandar al hotel con todo mi calentamiento a cuestas hasta que se le ocurra el próximo té o el siguiente almuerzo.

Hago lo que puedo: le informo que apenas bajar del vapor supe que Montevideo iba a ser de lo más caliente pero que, sin embargo, me encontré con una nube de polvo amarillento y con demasiada soledad; que los días fueron cambiando los pareceres, que conocí alguna gente de lo más amable, que fui al cerro y que, además, tomé diversas bebidas. Y le aseguro que ahora que ya ha transcurrido más de una semana, estoy convencido de que Montevideo es hembra, una hembra de pechos saltones que se la pasa preguntando cosas a los visitantes, preguntas de las que sabe perfectamente todas las respuestas.

Entonces ella me dice que para comenzar la conversación no estuve nada mal pero que ni sueñe con que las cosas van a seguir eternamente por esos tan precarios senderos comunicativos. Me apunta con su dedo índice y me pide encarecidamente que no sea tan económico en los detalles, que por ejemplo, a ella le encantaría escuchar una descripción bastante más minuciosa de las gentes amables que conocí en la ciudad o el relato ameno de mi paseo por el cerro.

Le digo que todo lleva su tiempo y ella asiente con un gesto de cabeza caída en el que a mí me da toda la sensación, aunque no podría asegurarlo completamente, de que sus ojos se abren un poco más de lo normal al llegar a cierta zona protuberante de mi pantalón. Entonces me animo y le pregunto que si está bien allí en el sofá, que si no siente demasiado calor y esas cosas. Pero me responde que no, que saber sufrir el calor es una virtud que nos permite disfrutar muchísimo más a la hora del vicio de los refrescos, que todo lleva su tiempo, pero que de todas maneras, si prefiero salir al jardín para contarle mis hazañas escaladoras, que muy bien, que ella hará servir el té allí.

Y le pido que sí, que por favor, que si es tan amable, aunque en realidad me dé muchísima vergüenza caminar hasta el jardín en esas erguidas condiciones.

Caminamos hasta el jardín.

Y le agradezco a Dios y a todos los santos inocentes del cielo que ella se adelante para enseñarme el camino. Le agradezco a la virgen y a cada uno de los doce apóstoles que Madame Mendeville no gire la cabeza para atrás ni una sola vez a lo largo del, para mí, larguísimo trayecto.

Ahora estamos cómodamente sentados en el jardín tomando el té como dos tranquilos ciudadanos británicos en el Lejano Oriente. O mejor, ella como una tranquila ciudadana británica en el Lejano Oriente y yo como lo que soy: un ingenuo y horrible sanjuanino perdido de amor, de calor y de voluptuosidad sexual.

Y aunque solamente tengo ganas de hablarle sobre su vestido amarillo apretado, sobre sus pequeños pechos saltones y sobre el calor que hace también en el jardín, ella despunta con un incierto: ¿Entonces?, mientras yo me pregunto y me vuelvo a preguntar ¿cuánto será lo que el ingenuo y horrible sanjuanino tendrá que sufrir del calor para poder llegar a disfrutar británicamente de algún refresco?

Y no puedo más que exteriorizar mi desconcierto:

—¿Entonces qué?

—¿Entonces qué hay de esa gente tan amable que conoció yendo al cerro o bebiendo por los cafés?

Y a pesar de todos los pesares, ahí estoy yo, pobre de mí, contándole que conocí a Dalmacio Vélez caminando por los alrededores del puerto, que con él iban dos señoritas más un etcétera absolutamente abreviado y mentiroso.

Por supuesto, ella me dice claramente que mi informe es absolutamente abreviado además de mentiroso, y a mí no me queda otra posibilidad que reconocerle que tiene toda la razón, que siempre tiene toda la razón y que sí, que es verdad, que conocí a una mujer gorda con un lunar peludo en la mejilla izquierda y otro ficticio en la derecha, pero que eso ya pasó y que pasó hasta tal punto que ahora no me acuerdo con exactitud de qué lado estaba el lunar real y de qué lado el lunar ficticio.

Pero no le alcanza.

Me pregunta de inmediato si acaso fue con esa señorita con la que fui a pasear por el cerro. Le respondo que sí, que fue con ella y que fui muy feliz por entre los bosques; que me encantaría que su jardín no estuviese tan cuidado, que me encantaría que a su jardín le brotaran desordenadamente sauces rugosos y pastos altos. Pero ahí me detengo. Me doy perfecta cuenta de que a la señora no le ha caído nada bien mi inocente comentario acerca de su flora jardinera.

Entonces me declara abiertamente que no le cayó nada bien mi absurdo comentario sobre su jardín pero que de todos modos debe reconocer que a veces se puede alcanzar la felicidad perdiéndose en algún bosque con un ser querido, aunque, añade malvadamente, a los pocos días uno ya ni se acuerde en cuál de las mejillas aquel ser querido tenía su peludo lunar verdadero. Y agrega todavía más: que los bosques tienen mucho que ver con los refrescos pero que ella piensa que apagar la sed con demasiada premura lo único que hace es provocarnos muchísima más sed.

Y esta vez la tengo que contradecir: le digo que no estoy de acuerdo, que no pienso lo mismo, que hasta acá llegamos, que siempre me pareció que si bien el perro va adonde va su amo, el amo debe ir solamente adonde lo lleva su corazón. Le digo que está muy bien lo de los refrescos y lo de los bosques, pero que empezar a hablar un poco de la sed no nos haría más sedientos sino, solamente, un poco más sinceros.

Entonces me asegura que me entiende perfectamente; que hasta donde ella intuye, a mí me gustaría estar hablando de su apretado vestido amarillo, de sus pequeños pechos saltones y de sus cinco docenas de rizos castaños; que bueno, que ella acepta que a mí me pueda hacer algún bien hablar de esas cosas y que lo haga nomás si así lo prefiero pero que no espere que entonces ella se ponga a hablar calurosamente de mis abultados pantalones, y que, desde luego, no sueñe con ningún refresco apurado ni con ningún repentino paseo por los bosques de los alrededores de su casa.

No sé qué contestarle.

Me quedo mudo y pensando para mis adentros en que no me haría nada mal una copita de ese rico coñac que trajo Monsieur Mendeville desde el Viejo Mundo.

—¿Quiere una copita de coñac?

Sí quiero. Claro que quiero.

Pero no una tímida copita; lo que necesito, pienso para mí, es, por lo menos, un par de botellas enteras.

Y, por supuesto, al rato el gentil mozo de la señora me trae un par de botellas enteras.

Bebemos.

Y nos reímos mucho.

Nos reímos de la fealdad de Vélez y de su rara habilidad para con los corchos y los tapones; de la desleal Dora y de su coquetería lunarística. También nos reímos de la belleza de Monsieur Mendeville y de sus extrañas manías europeas; de la vejez de Madame Mendeville y de su coquetería castaña.

Nos reímos de Montevideo.

Pero como una cosa suele traer otra, me hace prometerle que organizaré una velada en el café del puerto, que en esa velada estará Vélez, y que se descorcharán champañas por lo menos hasta que el abogado cordobés yerre algún blanco fácil. Lo que no puedo conseguir, en cambio, es que ella me prometa que después del consabido error dálmata, se perderá conmigo por entre los sauces llorones de un bosquecito que conozco cerca de allí.

Cuando salgo de esa casa ya es noche cerrada.

Pero no me río.

Llego al hotel solo.

Y caliente.

Cada vez menos marinero.

¿O será que al buen marinero solamente le está asignado una bella dama en cada puerto y no dos como a uno, que es tan simple, le gustaría?

Me parece que no va ser nada fácil enamorar a Mariquita Sánchez, pero por otro lado, nunca me han detenido los asuntos difíciles. Hay que andarse con cuidado de obtener siempre con facilidad lo que nos agrada, pues, de lo contrario, concluirá por agradarnos todo lo que obtengamos fácilmente.

Aunque es verdad que a veces no vendría nada mal conseguir al menos una promesa agradable de aquellos labios húmedos que nos tienen perdidamente enfermos de calentura.

No vendría nada mal.

DIEZ

Ya es miércoles.

Y parece que este miércoles vendrá de organizar promesas imposibles con olor a coñac francés a cambio de ninguna promesa de refrescos futuros.

Entonces, y con tantas certezas irrealizables por delante, creo que lo único inteligente que un hombre de mi edad puede intentar hacer es prender un buen cigarro en ayunas.

Lo prendo.

Para que me ayude a pensar en la forma de conseguir que lo imposible se convierta en posible. Para que me ayude a no soñar tanto con bosquecillos de sauces rugosos esperándome a la salida de cualquier café portuario.

Pero sólo consigo marearme.

Nada más.

Y faltan apenas unos pocos días para que cumpla treinta y cinco años.

Ahora estoy desayunando.

Solo.

Aunque siga siendo miércoles y aunque ya falte un rato menos para mi próximo cumpleaños.

Y para no sentirme tan huérfano, o tan prometedor, me pongo a calcular los minutos que me separan de la llegada del primer joven avisador, y luego, a conjeturar cuánto más tardará el segundo en acercarse e hincarme cariñosamente sus filosos colmillos.

Pero no viene nadie.

Y como no viene nadie y los minutos corren con demasiada prisa demostrando a las claras mis escasas condiciones especuladoras, decido que ya va siendo hora de que me ponga a pensar seriamente en la manera en que voy a lograr que el doctor Dalmacio Vélez se avenga a compartir una mesa champañera en el puerto con el hombre que supo propinarle tan fuerte corchazo en el lunar a la desleal Dora. Me pongo a meditar gravemente en cómo carajo hacer para que por encima de nuestras insalvables diferencias, el tío acepte gustosamente utilizar sus raras aptitudes malabarísticas enfrente mismo de la señora del cónsul francés en el Río de la Plata.

Y sigue sin venir nadie hasta mi mesa.

No faltaron ninguna mañana pero tienen que faltar ésta, justamente ésta; con la necesidad que tengo de que venga alguien a importunarme.

O a salvarme.

Y como no viene nadie, resuelvo prender otra vez el mismo cigarro de antes. Pero tampoco ahora que ya he comido un poco, el humo me acerca ninguna idea interesante.

Así que.

Tendré que arremangarme nomás el orgullo e ir a visitar a mi ex amigo. Después de todo, me escucho pensar para darme un poco de ánimo, el corchazo no fue a parar a su ojo, como le hubiera estado por demás merecido, sino que fue a parar al lunar de la infiel uruguaya. Después de todo, nos unen más cosas de las que nos separan: la nacionalidad, la fealdad, el exilio, un montón de botellas vacías y hasta la dueña del lunar al que fue a dar mi tristemente célebre corchazo.

El tema está por demás claro: acá no vendrá nadie a molestarme ni mucho menos a salvarme; si existe alguna remota esperanza con forma de tronco rugoso de sauce llorón a la salida de un asqueroso antro portuario, esa desagradable esperanza se llama Dalmacio y vive a unas cuantas cuadras de este miserable hostal.

Debo ir a visitarlo.

O a implorarle.

Debo salir a pelear por la única posibilidad que tengo a mi alcance de conseguir por la noche algún refresco británico.

Y Montevideo se parece cada vez más a una humillación.

Las gentes pueblan las calles como si repentinamente hubiesen llegado de visita todos los parientes lejanos de los habitantes de la ciudad; el polvo no alcanza para hacerme invisible pero sí sobra para causarme más de cuatro estornudos y de esa ruidosa manera, hacer todavía más evidente mi creciente desesperación; encima, la casa del doctor Vélez se me antoja esta mañana mucho más distanciada del hotel que en anteriores mañanas.

Siento que nunca fue más cierto aquello de que la sociedad perdona a menudo al criminal, pero jamás al soñador. Percibo claramente que todos me observan y que dialogan entre sí sobre mi pronta e irremediable caída.

Pero no me detengo.

Sigo adelante dispuesto a luchar por mi refresco aunque en la lucha se me escape para siempre el poquísimo orgullo que me queda. Sigo adelante hasta llegar frente a un sillón de mimbre que está ubicado justo debajo de un frondoso nogal.

Y cuando le voy a pedir al horrible caballero que se sienta cómodamente en ese sillón que me disculpe, que no fue mi intención propinarle tan fuerte golpe en el lunar a la desleal Dora, que no tiene ninguna importancia que con la ayuda de sus manos baquianas y de sus fáciles dichos me la haya robado, que lo único que me interesa en el mundo es conservar su preciosa amistad, que lo quiero y que lo admiro, que me encantaría nombrarlo ministro si es que llego algún día a la presidencia, que jamás entendería que nos distanciáramos por tan poquita cosa y que etcéteras y etcéteras; él se adelanta y me declara que le gustaría mucho que fuésemos esa misma noche al café a beber algunas botellas de champaña, que le agradaría que llevase conmigo, si así yo lo deseo y por supuesto ella lo acepta, a la señora del cónsul francés en el Río de la Plata, que está muy contento de que lo haya vuelto a visitar y que por favor no diga nada acerca del pasado, que la historia de los argentinos es demasiado triste como para andar recordándola cada dos o tres días, que lo único que importa es el futuro de los bosques y, por último, que los amigos están para darse una mano a la hora de los refrescos británicos.

Lo escucho y me voy.

¿Qué me voy a quedar haciendo allí?

Pero él se las ingenia como para además aconsejarme: me dice que si tengo algún tiempo libre que lo aproveche para visitar la feria que se realiza en el centro de la ciudad, que se monta solamente los días diez de cada mes y que es muchísima la gente que viene desde otras poblaciones más pequeñas a ofrecer sus productos, que mejor me apure porque debe estar terminando, que vale la pena, que por favor no me la pierda.

Le digo que muchas gracias.

Pero no voy.

Me vuelvo al hotel por otro camino, por un Montevideo vacío aunque igual de polvoriento.

Me vuelvo al hotel porque es el único lugar del planeta en donde un turista puede llorar tranquilo y a sus anchas.

Por eso.

Y lloro.

No puedo parar de llorar.

Voy a cumplir treinta y cinco años y no recuerdo haber llorado nunca antes con tantas ganas.

Lloro hasta que a alguien se le ocurre tocar a la puerta.

Entonces, enjugo como puedo mis muchas lágrimas y abro la puerta a pesar de que sea lo último que desee hacer en ese momento. Abro la puerta y para mi desdicha, encuentro la cara risueña del estúpido hotelero de siempre.

La cierro inmediatamente. Es bastante más de lo que mi despedazado corazón puede soportar en esas lacrimógenas circunstancias.

Pero claro, al hombre no le alcanza con el portazo; me pregunta desde el pasillo y a los gritos que si me siento bien, que por favor no me lo tome así, que su subalterno le avisó de la increíble mudanza que se había operado en mi cuarto y que le preguntó a él qué hacer; que entonces él me buscó por todo el hotel pero que no me pudo encontrar debido a que quizás yo había salido justo en ese momento a conseguir que lo imposible se convirtiese en posible o a alguna otra cosa parecida; que él fue el que tuvo que decidir solitariamente si volver o no a ubicar cada uno de los muebles en su posición original, que resolvió que sí y que reconoce que pudo haberse equivocado en la decisión, que entonces esta vez el único culpable es él y no su subalterno, que asume la entera responsabilidad por lo acontecido durante mi ausencia, que de cualquier manera yo soy perfectamente libre de hacer lo que quiera con la habitación y con su mobiliario, pero que por favor no llore más, que ésa desde luego no era su intención, y que si tiene alguna otra culpa que ignora, me ruega encarecidamente que también lo disculpe por esa culpa que ignora.

Le respondo que está bien, que lo disculpo pero que por favor desaparezca de una buena vez de mis oídos, que todavía no soy del todo sordo, ni tampoco soy del todo estúpido.

Pero no se retira.

Se toma su tiempo para gritarme enfervorizadamente que me felicita por ser el propietario de una biblioteca tan valiosa, además de numerosa; que él todavía no tuvo el tiempo suficiente como para llegar más allá de la cuarta página de mi libro pero que ya lo va a continuar, que tampoco me preocupe demasiado por eso, que no vale la pena, que él no es más que un insignificante y estúpido mozo de hotel, que no llore más.

Y a mí no me queda otra salida que exigirle que se vaya inmediatamente a la mierda o que de lo contrario, voy a tener que abrir la puerta para estrangularlo con mis propias manos como creo que lo tendría que haber hecho hace tantísimo tiempo.

Entonces se va sin responderme nada y yo me largo a llorar otra vez.

Me largo a llorar, si cabe, todavía con más fuerza.

Acabo de bajar.

Necesitaba de alguna ayuda y fui a pedírsela al joven simpático.

Pero no lo encontré.

Al que sí encontré, en cambio, fue al otro, al de siempre.

Entonces tuve que hacer de tripas corazón y pedirle cortésmente que llamara a su subalterno, que por favor, que lo precisaba con alguna urgencia. Y me respondió que lamentablemente el muchacho no se encontraba disponible en ese momento pero que si yo lo deseaba, él mismo podría llevarme el recado adonde fuera, que para él sería un gusto enorme, y que si era del todo necesario, no le importaba incluso el tener que llegarse con el mensaje hasta la mismísima casa del cónsul de Francia en el dividido Río de la Plata.

Por supuesto, no se lo di.

Tendría que estar bastante más loco de lo que estoy como para animarme a hacer algo semejante.

Prefiero ir yo mismo.

Aunque me tenga que topar otra vez con esa infinita manifestación callejera regionalista.

—Buenas tardes, señora.

—Muy buenas tardes, caballero, pero la verdad es que no recordaba que hubiésemos quedado para tomar el té; a no ser que se trate de otra de esas ignotas costumbres sanjuaninas a las que usted sabe profesarle tanto respeto.

—No, no, no.

—¿Entonces?

Algo me debe pasar con los "¿entonces?" de Mariquita porque nunca los llego a comprender del todo y no sé si eso será porque ella los dice sin motivo o porque siempre me agarra con la cabeza en cualquier otro lado: peinando amorosamente sus cinco docenas de rizos castaños o paseando inocentemente por sus vestidos apretados o imaginando bosques o perdiéndome entre sus pequeñas tetas saltonas.

—¿Entonces qué?

—Entonces me da la impresión de que al señor se le disparan los ojos con demasiada facilidad hacia cualquier otro lado menos hacia el lugar adonde van apun-

tando mis preguntas; lo interrogué acerca de si su in-
tempestiva aparición en la puerta de mi casa se ha debido a un olvido de mi parte, o si, en cambio, se debe a
alguna oscura y antiquísima razón cuyana.

—No, no, no.

—Eso creo haberlo escuchado con anterioridad. Me
encantaría que fuese un poco más claro.

—No, no. Lo que quiero decir es que no he venido a
tomar el té sino que he venido a avisarle que ya he
quedado con el doctor Vélez para esta tardecita en
el café.

—No hacía falta que viniese para eso.

—¿Cómo?

—Que ya me lo había prometido, que bastaba con su
promesa.

—¡Ah!

—Entonces, mi buen amigo, no pierda inútilmente ni
un minuto más de su valiosísimo tiempo avisándole a la
gente de aquellos asuntos de los que la gente ya está
avisada y vuelva, por favor, dentro de un par de horas
para acompañarme hasta ese sitio.

—Muy bien.

—Hasta luego.

—Hasta luego, señora.

Y que nadie me pregunte en qué fue que invertí las
valiosísimas dos horas siguientes de mi vida uruguaya.

No lo sé.

Aunque, si alcanza como descargo, creo que sería
bueno reconocer que tampoco sé otras muchísimas co-

sas. Y no sólo en lo que atañe a mi corta estancia en la Banda Oriental, sino también en lo que atañe a mi larguísima vida en general.

Voy a cumplir treinta y cinco años.

Pero que nadie me pregunte nada.

Estoy parado nuevamente a la puerta de los Mendeville, pero no me animo a tocar.

O quizás no quiero.

Es una estupidez, ya lo sé, pero no lo puedo hacer.

En el fondo, creo que estoy absolutamente convencido de que ella saldrá lo mismo a la hora en que habíamos quedado sin importarle si yo he tocado o no he tocado a su puerta.

Y, efectivamente, sale justo a la hora en que habíamos quedado sin necesidad de que nadie le haya tocado a la puerta.

Está bellísima en varios tonos del colorado.

Hermosa con sus cinco docenas de rizos hermosos, y, por supuesto, también hermosa con sus hermosos pechitos saltones.

Me entrega su brazo para que la lleve y creo que en ese momento mi mente ya no sirve para ninguna otra cosa que no sea el acompañar a esa espléndida mujer del brazo.

Caminamos y caminamos agarrados.

Pero muy a mi pesar no nos detenemos en ningún bosque ni en nada verde que se le parezca. Vamos derecho al bar como podríamos ir derecho a la feria o derecho al infierno: sin paradas. Aunque claro, tratándose de mí y de las exageradas actitudes que establece mi cuerpo ante la cercanía de Mariquita, eso de que no haya paradas no es más que un eufemismo: me erecto bastante antes de que me entregue su brazo para que la lleve y recién me deserecto cuando hace ya un buen rato que estoy de vuelta en el hotel, lo que viene a querer decir que hace algunas poquísimas palabras.

Y como no nos detenemos en ningún sitio romántico, llegamos del brazo bastante rápido hasta la puerta del café. Allí nos está esperando Dalmacio y Mariquita aprovecha para entregarle el otro brazo, el brazo libre, mientras él aprovecha para decirle que los rizos le quedan preciosos en ese fondo de tonalidades rojas. Ella le agradece el cumplido con una tímida sonrisa y yo me siento herido mortalmente por los celos.

Entramos los tres del brazo.

Nos sentamos.

El cordobés expulsa sabiamente el primer corcho, el corcho da casi naturalmente en su blanco, el mozo sonríe amablemente, Mariquita irradia felicidad por sus cuatro hermosos costados, y todo va de maravillas hasta que al feo abogado expulsor de corchos se le ocurre introducir en la mesa el espinoso tema de la edad.

Dice, no sin algo de estudiada inocencia, que tiene cuarenta y cinco años y que cuarenta y cinco años suponen, seguramente, bastante más que la mitad de su vida; que dentro de todo, cree que se lleva de lo más bien con la cuestión y que eso debe provenir de que cuando uno nace tan feo, como le tocó en desgracia nacer a él, sabe perfectamente y desde muy niño, que la vejez no puede ser nunca peor que la fealdad.

Entonces no me queda otro remedio que contestarle.

Le explico que aunque todavía no haya cumplido los treinta y cinco, a mí el tema de la vejez me tiene de lo más angustiado; y que eso es así muy a pesar de que yo también haya nacido horrorosamente feo. Le digo que un buen cristiano puede acostumbrarse a un montón de cosas, entre ellas a la fealdad, que incluso puede llegar a sentirse hermoso sin ningún motivo de vez en cuando; pero que lo que me parece es que tanto la vida como la muerte no son problemas relativos a la posesión o desposesión de alguna belleza o de muchas fealdades, sino que simplemente se trata de cuestiones de lo más escasas.

Mariquita asiste a la conversación en silencio, lo que constituye, para este modesto sanjuanino y para su historia, la peor de todas las innumerables asistencias femeninas que pueden darse en los cafés montevideanos.

Y Dalmacio insiste:

Que la vejez no es otra cosa que una corrupción de la belleza o, como en su propio caso, una fealdad agregada maliciosamente por el tiempo a sus anteriores fealdades o, mejor, la corrupción de un nacimiento de lo más corrupto. Que para él no tienen nada que ver con ello ni los cristianos ni los escasos, pero que, de todas maneras, no piensa que sea tan malo llegar a la vejez mientras se pueda pedir con tanta facilidad otra botella de champaña.

Entonces pide otra botella de champaña y Mariquita no para de reírse, para mí sin ninguna justificación.

Y mientras miro en silencio cómo un nuevo corcho

hace blanco en la cabeza amable del camarero, siento la absoluta certeza de que debo hacer algo ya mismo. El esperar al cuete para lo único que me ha servido en esta breve vida uruguaya, es para acumular pérdidas o para derramar infinitas lágrimas.

Hago algo:

Digo que no.

Digo que a mí me parece que no es así. Que la vejez no es una arruga sino que es otra condición; una condición distinta y muchas veces mejor a la que cuesta comprender porque nadie nos preparó adecuadamente para comprenderla. Que mi angustia no deviene de sumar o no una nueva fealdad a las muchas que ya poseo, sino que viene de no saber si voy a llegar a entender a tiempo esa nueva condición. Que la corrupción no puede provenir de una simple degradación anatómica, que de lo que se trata es de que el cristiano, con perdón de la palabra, no se termina nunca de acostumbrar a convivir con lo escaso, pero que de todas maneras, estoy completamente de acuerdo con él en el asunto ese de pedir una nueva botella de champaña.

Mariquita vuelve a su silencio y yo creo que de un momento a otro me voy a morir definitivamente de los nervios.

Y todavía pasan varias botellas más hasta que finalmente Dalmacio reconoce en voz alta que lamenta que no opinemos lo mismo. Yo le contesto que me parece que tiene razón, que no opinamos lo mismo, pero que no pienso que eso sea motivo para ninguna lamentación.

Entonces habla la señora:

Dice que para su humilde forma de ver las cosas, cualquier lamentación queda totalmente afuera de los alcances de aquella mesa, que los dos hemos dicho casi lo mismo y que lo único inteligente que alguien neutral, como lo es ella en este caso, podría reivindicar entre tanto disparate, es el sincero gesto que hemos tenido ambos hacia el saludable vino burbujeante francés. Nos pide encarecidamente que nos dejemos de embromar de una buena vez y que pidamos otra botella porque su vaso está lamentablemente vacío hace ya de esto unos cuantos renglones.

Pedimos otra botella.

Y hacemos el consabido silencio.

Pero el hombre yerra a pesar de que no está perdidamente borracho; yerra por culpa de una columna que se interpone entre el corcho y la sufrida cabeza del mozo.

Extrañamente, no nos levantamos. Damos comienzo a una ardua discusión acerca de si no acertar en el blanco por culpa de un obstáculo absolutamente ajeno a la probidad del descorchador debe considerarse un error, o si, en cambio, el hecho debería contabilizarse como un éxito que no pudo ser debido a que las columnas del local fueron construidas especialmente para terminar antidemocráticamente con las muchas alegrías de la noche.

Mariquita zanja la disputa levantándose y alegando que la columna estaba allí perfectamente construida en el momento en que nosotros entramos del brazo y que eso es muy diferente a que la columna hubiese sido construida con posteridad a nuestra salvaje entrada. Que el que se equivoca por culpa de una columna pierde del mismo modo en que pierde aquel que se equivoca sin necesidad de columnas.

Nos vamos.

Aunque.

Aunque en realidad no nos vamos.

Bastante mejor sería decir que ellos se van y que yo me vuelvo al hostal de lo más solo y de lo más caliente.

Mariquita sostiene que no vale la pena que yo me aparte tanto de mi camino con el único motivo de acompañarla hasta su casa, que la casa del doctor Vélez queda en su camino y que entonces tiene mucho más sentido que él la acompañe.

Me niego una y otra vez. Esgrimo casi una infinidad de argumentos en contrario. Pero no consigo nada.

Ella se va con él y yo me voy con mi calentura.

Y aquí estoy.

O, mejor, aquí estaba.

ONCE

La amo.

Y me importan muy pocas cosas más en la vida.

Por lo pronto, no quiero ni necesito seguir con el viaje para demostrarme a mí mismo que puedo ser un buen marinero.

¿Para qué?

¿Para ilusionarme con que si consigo ser un buen marinero, algún día podré ser presidente?

¿Solamente para eso?

Si sé de antemano que con tanta fealdad a cuestas será prácticamente imposible lograrlo. Si de todas maneras, y a pesar de que ponga todo mi empeño en hacerme de una bella dama en cada puerto, don Juan Manuel de Rosas seguirá viviendo con total normalidad hasta el preciso día en que se muera; y si por una de esas putas casualidades del destino ocurriese un milagro y el brigadier muriera bastante antes de lo que su apacible estampa sugiere de sobrada salud, igual habría más de un centenar de buenos marineros esperando el turno para sucederlo antes de que yo pueda decir siquiera esta pierna es mía. Y si, por último, alguien se anima finalmente a ganarle la guerra, ese alguien será el presidente y ningún otro.

No soy general ni sé casi nada de las guerras.

Entonces.

Podría resultar interesante el reconocer, unos días antes de cumplir los treinta y cinco años, que he construido mi vida alrededor de un par de sueños; creyendo ciegamente en la existencia de un camino, cuidando cada nuevo paso que daba en ese difícil camino, jugándome la piel en cada opinión, exigiéndome el máximo ante cualquier situación mínima.

¿Y qué obtuve?

Nada.

No obtuve nada.

Nada que no sea el tener que andar paseándome por las polvorientas calles de Montevideo con la extremidad sexual furiosamente rígida.

Treinta y cinco años al cuete.

¿Para qué?

¿O acaso necesito de otros treinta y cinco años para despertarme de ese par de estúpidos sueños?

La amo.

Y me importan muy pocas cosas más en la vida.

En realidad, hasta me parece que exagero cuando escribo que me importan muy pocas cosas más; la verdad es que la única cosa que me importa, en esta vida y en esta mañana, es encontrar ya mismo alguna buena mentira que me permita más o menos dignamente compartir este jueves con la mujer que amo.

Ninguna cosa más.

Pero tampoco es fácil inventarse una buena mentira en una ciudad tan inteligente.

Miro y remiro por entre los árboles del jardín, desacomodo los platos del desayuno, me rasco intermitentemente la cabeza, estornudo por estornudar, prendo un cigarro, toso con alguna grandeza, me erecto, apago el cigarro, me peino el bigote, trato de olvidar que necesito inventarme una buena mentira que me permita compartir el día con mi amada, me deserecto.

Pero nada.

No se me ocurre ninguna otra cosa mejor que la de recurrir estúpidamente a las relamidas costumbres cuyanas. Realmente demasiado poco para un hombre que alguna vez soñó con llegar a ser el presidente de un país en el que cualquier muchacho de provincia inventa fácilmente, dedicándose sólo un rato y no casi treinta y cinco años como lo he hecho yo, las peores mentiras del mundo.

Muy poco.

Y así sigo: mirando y remirando.

Hasta que, por supuesto, llega traicioneramente por detrás el infatigable hotelero pedante.

Me dice, con una tranquilidad pasmosa, que como pasaba por ahí de casualidad decidió que realmente valía la pena acercarse hasta mi mesa para saludarme convenientemente, me repite lo de su mucha admiración para con mi persona y cosas por el estilo, me cuenta que anoche se hizo con algún tiempo para leer mi libro, que le sigue gustando muchísimo y que si no hubiera sido porque se quedó dormido en la página catorce, quizás lo hubiese terminado de un tirón.

No me enojo.

Ni lo odio.

Me levanto y le doy un tremendo beso de agradecimiento.

Entonces el hombre huye despavorido y, a juzgar por el gesto de asco que se dibuja en su cara mientras se pierde corriendo escaleras arriba, tal vez no se anime a aparecer nunca más delante de mi desayuno.

Creo que tendría que haberlo besado bastante antes.

Toco a la puerta.

La abre Mariquita.

Le digo, con la mejor de las tranquilidades pasmosas que puedo inventarle a mi semblante, que como pasaba por ahí de casualidad, decidí que realmente valía la pena el acercarme hasta su puerta para saludarla convenientemente.

Y se ríe.

Me pide que por favor pase, que ignora qué complicados asuntos me llevaron hasta cerca de su puerta, pero que se nota en mi semblante un cierto cansancio pasmoso que merece por lo menos del premio de un buen almuerzo.

Me río.

Y entro rápidamente, no vaya a ser cosa que la mujer que me cambió definitivamente el itinerario del viaje, se arrepienta y me eche a patadas de su casa.

Nos sentamos en el sofá de mis mayores erecciones y ella me explica que no tengo ningún motivo para estar tan nervioso, que así como sabe tomarse su tiempo para decidir la bebida de ciertos refrescos, de la misma manera, jamás se arrepiente de sus actos ni acostumbra a echar a patadas a sus invitados.

Me quedo un poco más tranquilo.

Aunque la tranquilidad pueda producir en casos como estos una inmediata y gigantesca erección. Pero bueno, me parece que yo empiezo a habituarme a los desproporcionados mecanismos sexuales de mi propia anatomía, y, por el otro lado, creo que Mariquita comienza a vivir mis cuantiosos empecinamientos como una hernia erótica familiar inofensiva o algo similar.

Estoy tranquilo.

Y enderezadamente feliz.

Comemos una sopa de verduras y aunque nunca me gustó la sopa debo reconocer que ésta no está nada mal. Entonces me explica, sin necesidad de que yo le cuente de mi escasa vocación sopera, que es porque el ajo, que a ella le gusta ponerle a todo unos dientecitos de ajo, que le hacen mucho bien a la sangre y a los pensamientos. Y agrega que también le gustan mucho las cebollas, que son como primas hermanas de los ajos y que todo lo que me está contando no es ninguna imbécil manía de vieja exiliada, que el ajo y la cebolla le gustan desde que era muy pequeña y vivía en Buenos Aires.

No soy ningún idiota, me doy inmediata cuenta de que entre tanto ajo y tanta cebolla, la hermosísima señora del cónsul galo se las ha ingeniado para volver a instalar en el ambiente el espinoso tema de la vejez.

Y aprovecho para atacar antes de que sea demasiado tarde para las alegrías o demasiado temprano para volverme al hotel con otra estéril discusión a cuestas. Le digo que por lo que se ve, además de ser bueno para la sangre y para los pensamientos, el ajo y sus primas hermanas deben contener alguna mágica solución que le

permite a sus bellas usuarias mantenerse eternamente jóvenes, que me gustaría saber si no existe algún tubérculo
o alguna hortaliza que pueda hacer algo para hacerle
crecer el pelo a un insignificante rinoceronte sanjuanino
que nunca terminó de aprender a mudar su cuerno.

Pero ella tampoco es ninguna idiota, me agradece el
cumplido pero me pide que por favor no sea tan humilde, que lo de rinoceronte sanjuanino me lo acepta porque es una de las mejores definiciones que se podrían
dar de mí, pero que, en cambio, no está ni ahí de acuerdo con lo de insignificante; que lamentablemente no
conoce tubérculo alguno capaz de operar semejante transformación capilar, que de lo que quería hablar cuando
me comentó lo del ajo y lo de las cebollas era sobre la
vejez, y por último, que no me haga más el zonzo, que
ya estoy por cumplir treinta y cinco años, que no me
queda para nada bien.

Entonces.

Nos embarcamos en un bote de lo más agujereado.

Me dice que dentro de todas las barbaridades que dijo
el famoso descorchador cordobés, hubo una que le inte-
resaría discutir conmigo, que por favor no lo tome a
mal, que no desea ser grosera, pero que piensa que
quizás nosotros seamos las dos personas más indicadas
que se pueden encontrar viajando por el universo en
esos días como para hablarla. Y me hace la temible
pregunta, nomás:

—¿Qué es peor: la fealdad o la vejez?

Le contesto que ha sido perfectamente grosera.

Aunque en realidad, le contesto eso por contestarle
algo; me siento de lo más apretado que se puede uno
sentir por una simple pregunta y no alcanzo a decidir-

me por la sinceridad o, una vez más en Montevideo,
por la idiotez.

Me quedo en silencio.

Y ella me exige sinceridad.

Entonces no tengo más remedio que expresarle lo que en
verdad pienso: le digo que lo peor me parece la pregunta.

Y me echa.

Sin dejarme siquiera tomar el postre.

Me manda al hotel y me prohíbe volver a visitarla si no
es ella la que me invita. Que no va a volver a aceptar
inverosímiles casualidades cerca de la puerta de su casa.

Y ahora estoy otra vez solo tomando el té en la mesa
que da al parque del hotel; escribiendo en presente lo
que ya pasó y pensando en que me equivoqué de lo
más fiero.

Pensando en colgarme civilizadamente de una
palmera.

Pensando en que a veces, mucho peor que la fealdad
o que la vejez, es la sinceridad.

Y como si todo esto fuera poco, todavía tengo que
sufrir un añadido: el infame mozo lector de las primeras
catorce páginas de mi Facundo se me viene acercando,
sin el menor recuerdo aparente del grandísimo beso
que le apliqué esta mañana.

Luego sigo, ahora debo preparar mi belfo para otro
beso, si cabe, todavía más efusivo.

El hombre me explica, de lo más nervioso, que en la

puerta del hotel se encuentra una dama, y agrega: una dama de cierta edad que dice que como se encontraba por casualidad en las cercanías del hotel se le ocurrió que podría ser conveniente el pasar a saludarlo; que la susodicha dama se niega terminantemente a ingresar si yo así no lo dispongo, que para él la dama de marras se parece en mucho a la señora del cónsul francés en el anchísimo Río de la Plata, y que por favor, aunque me sienta de lo más agradecido, él no aceptará, bajo ningún concepto, que yo le vuelva a agradecer de la entusiasta manera en la que lo hice sin motivo esa misma mañana.

Le digo que la haga pasar, que no tema, pero que si se toma más de cinco segundos para desaparecer de enfrente de mi té, no respondo de mis actos.

Desaparece en menos de cinco segundos, y en los cinco segundos que siguen a los primeros, veo aparecer las docenas conocidas de rizos castaños envueltos en el vestido violeta más ceñido que se haya visto con anterioridad en Montevideo.

—Buenas tardes.
—Buenas tardes.
—Andaba por acá de casualidad y pensé que realmente valía la pena el acercarme a saludarlo y de paso disculparme convenientemente; quizás tenga usted razón y mi pregunta haya sido, además de grosera, una gran estupidez.
—No, no.
—¿No?

—Digo que quizás la razón la tenga usted y no yo.

Entonces se ríe y me dice que muy en el fondo, eso es lo que le sigue pareciendo a ella.

Y a mí se me antoja que todo vuelve a comenzar de nuevo.

La invito a caminar por el puerto y acepta. Con la expresa condición de no acercarnos demasiado a ningún bosquecillo de sauces rugosos porque confiesa sufrir de una alergia de lo más desagradable a los mosquitos sudamericanos.

Le digo que está bien, aunque para mis adentros piense que no va a ser ni la primera ni la última vez que salte por encima de una condición expresa.

Caminamos por el puerto esquivando bosques, durante horas, pacíficamente, en silencio. Caminamos hasta que la mujer de los violetas pechitos saltones descubre un banco y me invita a sentarme y a conversar amigablemente un rato.

—¿Entonces?

Me pregunta como de costumbre. Con esa endiablada capacidad que posee de inventarse "¿entonces?" cuando yo estoy de lo más lejos que se puede estar de los entonces.

—¿Entonces qué?

—Entonces: ¿es peor ser feo o es peor ser viejo?

Me quedo callado.

¿Qué le voy a ҫontestar?

Y como me quedo callado ella me dice que no me asuste, que esta vez no pretende que le sea sincero, que lo único que pretende esta vez es hablar un poco del tema.

Entonces sí.

Le digo que para mí la vejez es como una escasez de juventud, así como la fealdad es una escasez de belleza; que lo de la fealdad lo tengo un poco más resuelto, que el tema de la vejez, en cambio, es una angustia con la que convivo desde hace muy pocos días, para ser más preciso, desde el día en que tomé conciencia de que estaba por cumplir treinta y cinco años; que todavía no me he puesto a pensar seriamente en el asunto, que por ahora solamente he tenido tiempo para angustiarme y para enamorarme un par de veces.

—Pensemos juntos —me propone.

—Pensemos juntos —acepto.

Y no sé si será porque nunca antes he pensado junto a otro o porque en realidad me da bastante miedo el ponerme a pensar junto a esa estupenda hembra argentina, pero no puedo parar de hablar. Le digo que para mí, el meollo de la cuestión está dentro de cada uno de nosotros, que de lo que se trata es de una simple decisión personal: querer o no querer ser hermoso, o, en este caso, querer o no querer ser viejo, que mirándolo bien, el asunto de la vejez es todavía más fácil de resolver que el de la fealdad.

—¿Entonces por qué tanta angustia?

—Porque, como le expliqué antes, nunca antes me había puesto a mirar bien el asunto.

—¿Y ahora lo ha hecho?

—Ahora lo he hecho.

—Lo ha hecho bastante rápido, me parece.

—Así hago todas las cosas, señora.

—¿Entonces?

—Entonces —comienzo a decirle repleto de felicidad ante la oportunidad que se me presenta de responderle por primera vez un entonces a tiempo—, pasa que hasta el mismísimo restaurador de las leyes participa de la desgracia de envejecer, cosa que no ocurre con la desgracia de la fealdad.

—¿Y eso, si me permite, en qué ayuda?

—En que la vejez nunca se encuentra sola frente a un espejo. Siempre se encuentra, llegado su momento, con la vejez de todos los demás.

—Insisto en que quizás lo haya resuelto demasiado rápido.

—No, no.

—¿No?

—No. Lo que quiero decir es que me parece que no me entiende. Trataré de ser más claro.

—Por favor.

Y entonces me zambullo de cabeza en un intento de explicación completamente fallido: le digo que la fealdad es una cosa de lo más íntima aunque tenga mucho de fácil publicidad y que la vejez, en cambio, no es tan privada porque pertenece a la totalidad del género humano que no muere joven; que al ser mal de muchos es mucho menos malo para cada uno, que la juventud y la belleza son también sentimientos, y al ser sentimientos son cuestiones sobre las que decidimos nosotros mismos y nadie más; que desde luego es muchísimo peor la fealdad que la vejez aunque...

Me corta.

Me dice que ya tiene bastante, que sólo quería charlar

un rato, que la noche se nos viene encima, que de todas maneras mi discurso es de lo más interesante, pero que también, y a decir verdad, no deja de parecerle algo confuso, que no me vendría nada mal el aprender a pensar con otro y que zambullirse de cabeza a veces puede significar enterrarse de cabeza.

Se levanta y me pide que la acompañe hasta su casa por las calles, pero que las calles, hasta donde ella conoce, no son bosques aunque alguna vez lo puedan haber sido.

Y la acompaño por las calles.

Muy a mi pesar.

Sobre todo, muy al pesar de cierto órgano que vive la amistad con Mariquita de una forma de lo más exagerada.

Sé que no estuve muy lúcido con mis ocurrencias sobre la vejez y la fealdad. Sé también que no merecía ningún bosque ni nada semejante. Soy el primero en reconocer mi absoluta torpeza discursiva.

Por eso.

Soy también el primer sorprendido cuando en vez de una despedida fría, la señora de los rizos castaños me invita a pasar el día de mañana en su quinta de Pocitos.

Le grito que sí. Que por supuesto.

Y ella me pide encarecidamente que durante el día de mañana sea un poco más serio.

Le pido mil disculpas por el exabrupto afirmativo, pero me dice que no se refería al exabrupto sino que se estaba refiriendo a que espera de todo corazón que durante los días viernes mis ideas brillantes surjan más lentamente de lo que lo hacen los días jueves.

Y está bien, le digo que pasaré temprano a buscarla, que muy buenas noches, que hasta mañana, que la voy a extrañar una enormidad.

Ella me despide con un consejo: que tenga un poco más de cuidado con las zambullidas.

Y me voy.

O mejor: me vengo corriendo al hotel con la única intención de apurar la insoportable lentitud de la luna.

Pero no lo consigo.

Otra lástima.

DOCE

Está amaneciendo.

Y no puedo dormir.

Pero, dentro de todo, eso no es lo más embromado. Lo más jodido es que me acosté con el miembro duro y que me desperté exactamente igual de duro.

O más.

Quiero decir que estoy absolutamente convencido de que mi órgano sexual lleva la amistad con la señora de Mendeville bastante peor de lo que la lleva el resto del cuerpo: hace por lo menos cuatro días que sufre de un terrible insomnio.

Está amaneciendo y no puedo dormir.

Mariquita...

Pero voy a seguir intentándolo. Nada ni nadie pudo nunca contra mi obstinación.

Tampoco podrán esta vez.

Aunque quizá sí.

No he podido dormir casi nada durante el tiempo que transcurrió desde que escribí aquello de que "tampoco podrán esta vez" hasta que tuve que reconocer con humildad que quizás esta vez no sea tan así.

Pero esa nada que he dormido me alcanzó y me sobró para soñar un sueño de lo más viejo.

Era proclamado presidente de la nación en una plaza repleta de manos levantadas y avanzaba feliz con una bonita galera negra y un bastón nacarado por entre una multitud abigarrada que no dejaba de aclamar mi nombre a viva voz.

Cosas que pasan.

Desde luego, se trata de un sueño de lo más viejo: ahora sólo me gustaría ser el cónsul de Francia en el Río de la Plata y llamarme Monsieur Mendeville.

Nada más.

Bajé a desayunar bastante más temprano que otras veces.

Y eso tiene sus ventajas: me atendió una niña maravillosa que no me preguntó nada más que lo estrictamente necesario para llevar adelante con éxito su tarea y además tuve que cambiar de mesa porque la que da al jardín de las palmeras y las casuarinas todavía no estaba preparada.

Estoy solo y no tengo casi nada de interesante para mirar como no sea un dudoso florero que está ubicado sobre una, todavía más dudosa, repisa de mármol.

Fumo.

Y pienso.

Me acuerdo que le dije a Mariquita que la pasaría a buscar temprano, una suerte. Otra suerte: ella no conoce mis costumbres, por lo tanto, no sabe ni se imagina lo que puede significar temprano en el diccionario de un sanjuanino enamorado de casi treinta y cinco años.

Apago el cigarro en el resto del café.

Pero no puedo apagar con tanta facilidad mis pensamientos. Aunque me gustaría.

Estoy seguro de no haber sido sincero: en mi caso creo que es bastante peor la vejez que la fealdad. Por eso lo de mi angustia. Uno se termina acostumbrando a la fealdad, e incluso, puede llegar a sentirse hermoso de vez en cuando si no le ponen un espejo justo enfrente de la cabeza para desmentirlo. Es más, creo que si uno es un ser humano normal, lo que equivale a decir que no sueña cada uno de los días de su vida con ser presidente, la fealdad puede convertirse hasta en un rasgo simpático y personal. Pero la vejez, la vejez no tiene remedio. Aunque mandemos a destruir todos los espejos existentes por decreto y amenacemos con la pena de muerte al que ose construir uno nuevo, igual quedarán los achaques del cuerpo, los dolores provenientes del exceso de humedad ambiental, la falta de reflejos, las dificultades para sentarse o para caminar, las imposibilidades de todo tipo, los delirios de la mente, la falsa compasión del prójimo joven, los bastones, los amigos que se van, las ropas negras.

Es verdad que siempre me gustaron las viejas, del mismo modo en que me gustaron las gordas. Y también, por qué no, algunas otras mujeres que poseían algún rasgo deforme que las hacía únicas. Pero la angustia tiene que ver con lo personal: que nos gusten algunas exageraciones en los otros no significa que necesariamente nos tengan que gustar en nosotros mismos.

Y lo más importante: la fealdad es un impedimento político mínimo en relación con la edad: ¿cuántos años en verdad me quedan para llegar a la presidencia?

¿Cuántos?

Fui sincero por la mañana pero no quise volver a ser zonzo por la tarde.

Y todo lo que llevo escrito también debe tener que ver con la vejez. Mejor me voy a Pocitos con la señora y me olvido de los floreros y de las repisas dudosas. De algún tipo menos bello de civilización.

Dicen que la espada que se saca muy a menudo de la vaina acaba por perder el filo.

Es decir:

Que me fui de lo más contento a Pocitos y que ya volví de Pocitos. Aunque es cierto que no volví tan contento.

Es decir:

Que ahora sé bastantes cosas más sobre la vejez que cuando salí hacia Pocitos repleto de felicidad, pero nada nuevo sobre los bosques uruguayos. Y no creo que eso refleje los íntimos intereses que tenía antes de la partida.

No lo creo.

Camino temprano por Montevideo y las calles están igual de solas que a otras horas más tardías. La diferencia está en el aire: no hay nada de polvo. Pero me niego a creer que los presagios funestos se animen a aparecer tan pronto y por las calles.

Mariquita me está esperando en la puerta y yo, inmediatamente, me ilusiono con que ella tampoco pudo pegar un ojo durante la noche que nos separó.

Pero me equivoco.

Me recibe con una sonrisa y un nada inocente tirón de orejas: me dice que en la Banda Oriental cuando un caballero queda temprano con una dama, suele preocuparse por llegar temprano. Y no le alcanzan mis tímidas excusas provincianas.

Pero eso no es nada.

Todavía queda lo peor.

La señora no carga con ninguna canasta; la que está de lo más cargada, y junto a ella, es una negra de nombre Paquita que por lo visto tiene la intención de ser también ella de la partida. Le imploro que no hace falta, que yo puedo cargar con las viandas, que no me cuesta nada, que para mí sería un honor, que para qué molestar a Paquita, que piense en aquello de la abolición definitiva de la esclavitud, que qué sé yo cuántas cosas.

Pero nada.

La negra nos acompaña, nomás.

Y quizás haya sido un error de mi parte el no advertir a tiempo que dos presagios funestos suman bastante más que un único y tempranero presagio funesto; el no advertir a tiempo que, sin duda, dos presagios funestos marcan definitivamente una cierta tendencia funesta para el resto del día.

O de la noche.

Llegamos a la casona de Pocitos bastante más rápido de lo que al menos a uno de los componentes del trío le hubiese gustado. Llegamos por el camino real, sin la menor posibilidad de atinar por ningún desvío medianamente arbolado.

Llegamos y nos instalamos en un parque muy cuidado para ser atendidos como cónsules por la voluntariosa

Paquita. Como cónsules irreprochablemente asexuados.

Mariquita dice notarme algo raro, como un poco nervioso o distraído, y agrega que intuye los motivos: que no es bueno que sufra por tan poco, que no vale la pena, que ya pasó. Yo, que sé perfectamente que estoy sufriendo por algo que sí vale la pena, le digo que no alcanzo a comprender, y agrego en mi descargo, que quizás jamás haya alcanzado a comprender nada de lo que atañe a su hermosísima persona y que eso me produce una grandísima lástima de mí mismo, que me disculpe pero que no estoy para nada distraído sino todo lo contrario, que muchas cosas.

Entonces se explica: me dice que entiende adecuadamente que después del mal trato del que fui objeto durante el almuerzo de la víspera, me haya negado por la tarde a ser completamente sincero con ella, que no importa, que me comprende, que lo pasado ya fue y que ahora lo único que importa es que en este día, los dos hagamos los más grandes esfuerzos por conversar con total sinceridad de los temas que nos angustian.

Está claro: la mujer no entiende un carajo de lo que me pasa o, en el peor de los casos, no le interesa un carajo el entender qué es lo que realmente me está pasando.

Entonces, ¿qué hacer?

¿Esperar como un falso cónsul impotente a que la consulesa tarde otra década en decidirse por fin a mirarme con ojos un poco más calientes? ¿Sufrir un nuevo día de angustiosas reflexiones sobre asuntos que me angustian bastante menos que la rigidez de mi sexo? ¿Seguir eternamente fingiendo ser el bien educado y siempre comprensivo Caballero del Gran Sexo Levantado?

No.

De ninguna manera.

Si quiere conversar sinceramente sobre los temas que nos angustian, conversaremos sinceramente sobre la posibilidad de olvidarnos para siempre de Paquita entre los cuidados pastos de los jardines de Pocitos.

De eso.

Y conversamos.

Aunque quizás, mucho más preciso sería reconocer que converso contra una pared hermosa y llena de rizos, sin acordarme convenientemente de los funestos presagios matinales. Una verdadera desgracia.

Le digo que es viernes y que los viernes siempre me provocan una excesiva necesidad de ser sincero, pero que debo advertirle que la vejez no es el principal motivo de mis angustias, que hay otros. Y ella me responde que eso está por verse.

Entonces me vuelvo loco y solamente atino a arrodillarme cerca de sus vestidos y suplicarle que la amo; asegurarle que no creo poder soportar por más tiempo su indiferencia, que lo que en verdad quiero es besarle una por una las cinco docenas de rizos castaños que le pueblan su hermosísima cabeza, que no aguanto más, que quiero tironearle de las ropas y palpar de una buena vez sus pequeños pechos saltones, que hace una infinidad de tiempo que no puedo dormir, que quiero ser marinero de un solo puerto, que no tengo ya ninguna intención de ser presidente, que solamente deseo acariciarla y pasarme el resto de mis días perdido por entre sus brazos y sus piernas, que por favor disponga a su entera voluntad de mi cuerpo y de mi vida, que haga lo que quiera con mis sueños.

Y por toda respuesta, lo único que obtengo es un silencio áspero y maloliente.

Me apresuro: le pido por la gracia de todos los dioses uruguayos que me crea, que voy a cumplir treinta y cinco años y que jamás he sentido algo semejante, que no soporto más su presencia distante, que si no estoy enfermo es porque siempre sufrí de un exagerado optimismo o porque de alguna manera siempre estuve enfermo de algo y no se me nota, que basta de hablar o de callar, que me muero del calor y del frío, que millones de cosas parecidas.

Entonces me pide que me levante y que vuelva a mi asiento, que quiere decirme algo importante.

Me levanto, obediente, y me vuelvo a mi asiento.

Ella suspira y creo que no voy a aguantar mucho tiempo más sin arrojármele encima y desnudarla a mordiscones.

Pero me las aguanto.

Aunque quizás aguantar por demás no sea ninguna virtud varonil apreciable sino sólo un vicio moral de lo más estúpido.

Finalmente habla: me dice que efectivamente ella tenía razón.

—¿Perdón?

—Que eso que le dije acerca de que existían otras angustias más terribles que la vejez había que verlo.

—¿Y?

—Que ahora que lo he visto, sigo pensando que su verdadero problema es la vejez, que no tiene ningún otro.

—¿Cómo?

Alcanzo a preguntarle en medio de una de las mayores perplejidades que he sentido jamás y ella me contesta que como lo escuché, que la vejez es la madre de todas mis demás angustias, que me quede tranquilo, que ya se me va a pasar, que hay cosas peores, que por ejemplo la muerte o la presidencia.

Y ahí es donde cometo una gran equivocación.

En vez de tirármele encima y taparle la boca con mis ganas de su cuerpo, en vez de hacerla mía de una vez por todas y terminar para siempre con ese diálogo sin sentido, le pido caballerosamente, en cambio, que me explique mejor lo que me quiere decir porque realmente no entiendo ni una palabra.

Entonces se ríe y me invita a pasar al comedor, me dice que si soy lo suficientemente paciente, además de llegar un día a la presidencia, a la hora de los postres me lo explicará con lujo de detalles.

Le digo que sí.

Que está bien.

Que me doy por vencido.

Y a los postres se aclara:

—La vejez suele producir confusiones, lo sé por experiencia. Es muy fácil darse cuenta de que usted lo mezcla todo: mis pechos junto al sueño de ser presidente, mis rizos al lado del deseo marinero, las rodillas con las palabras, Paquita con los pastos o la falta de éstos, y tantísimas otras cosas. Una incipiente arteriosclerosis, que le dicen.

—Se equivoca.

—No sea ahora usted el grosero, por favor, si yo me equivocara eso querría decir que mi arteriosclerosis es ya galopante.

—Discúlpeme.

—Lo disculpo, pero mejor ándese con un poco más de cuidado de aquí en adelante.

Y no sé cómo decirle que se equivoca, que no he mezclado nada, que está todo de lo más claro, que la quiero, que estoy desesperado, que no sé qué hacer.

Lo intento: me arrodillo otra vez, pero con tanta mala suerte que mi enorme cabeza apenas sobresale de la mesa. Y ella se ríe del espectáculo, no puede parar de reírse.

—Por favor, levántese, ni es Salomé ni se le parece en lo más mínimo.

—Escúcheme usted, por favor.

—Sólo si se levanta.

Me levanto.

Y le grito que la amo y que ésa es mi única angustiosa confusión.

—Puede hablarme un poco más bajo, aunque sea vieja no por eso tengo que ser sorda.

—La amo.

—Cosas de viejo. Déjese de bobadas.

Y me dejo de bobadas.

Creo que me dejo de casi todo.

Volvemos charlando por el camino real, juntando flores silvestres para nadie, vigilados innecesariamente por la negra Paquita.

Como dos viejos amigos, volvemos.

Y cuando empiezo a reconocer tímidamente que quizás mi compañera de angustias tenga razón y todos los demás problemas, incluyendo mi enfermizo amor por ella, devengan del simple hecho de que estoy demasiado cerca de cumplir los treinta y cinco años, la señora, una vez más se me adelanta.

Me dice que ahí nos despedimos, que yo tuerza a la izquierda hacia el hotel y que ella seguirá con Paquita hasta su casa, que las cosas están de ese modo y que si yo no hubiera sido tan viejo, ni hubiéramos ido por el camino real ni, mucho menos, hubiéramos vuelto juntando flores silvestres para nadie como dos viejos amigos, que cuando un joven desea de verdad a una mujer no le obedece sino que se le tira encima y le quita, si es necesario, sus vestidos a mordiscones.

Y tiene razón.

Así que.

Le digo que tiene razón, nomás.

Pero todavía se da tiempo para invitarme a tomar el té al otro día.

Y yo acepto.

Acepto con un gesto de lo más anciano y huyo corriendo a esconderme en el hotel.

Y aquí estoy, bastante más viejo que por la mañana pero casi igual de enamorado. Parece que fuera a cumplir trescientos cincuenta años y no treinta y cinco.

Mi sexo está profundamente dormido y creo que lo mejor que puedo hacer, dadas las circunstancias, es imitarlo.

Se fue el viernes y mañana amanecerá sábado. ¿Podré soportar otro té en casa de los Mendeville?

No lo sé.

Mejor imito a mi sexo y que sea lo que Dios quiera que sea con el sábado.

TRECE

Mi inquebrantable extremidad sexual se ha despertado reciamente joven. Para contradecir los dichos de cierta
dama. O para contradecir la desgraciada derrota de la
víspera.

Entonces.

Me echo un poco de agua sobre la cara y decido
solemnemente formularme una promesa:

No le puedo volver a fallar a mi joven e inquebrantable extremidad sexual. ¿En qué puerto del universo se
ha visto antes a un marinero tan puntilloso, tan educado,
tan paciente?

O tan boludo.

¿Adónde?

Hoy no le puedo fallar.

Si me invitó a tomar el té, no esperaré mansamente
como un viejo simpático a que llegue la hora del té. Iré
antes. Cuando se me de la gana de ir voy a ir.

Si piensa que un joven que se precie debe, llegado el
caso, rasgarle las vestiduras a la dama que desea, pues
se las rasgaré y que se haga cargo, si puede, de tanta
juventud.

A ver si se cree que no la amo suficientemente.

Y entonces habrá que observar cómo carajo hace para
manejarse con mi tremenda angustia marinera.

Habrá que ver.

Estoy desayunando y el imbécil de siempre se acerca y me saluda, me dice que menos mal que volví a la rutina, que debe ser horrible tener que mirar hacia un florero dudoso o hacia una repisa ídem; que lentamente sigue adelante con la lectura de mi libro y que esa mañana me nota muy rejuvenecido, pero que no por eso va a tolerar que me levante y le estampe uno de esos besos babosos que suelo estamparle yo a los simples trabajadores del hotel.

Ni lo miro.

Pero lo mismo se las ingenia para agregar que él sabía que yo no podía fallarle dos días seguidos.

Tengo que reconocer que estoy tentado de levantarme y darle un beso todavía más baboso que el que le di el otro día. Pero me contengo. Prefiero dejar las cosas como están, lo que equivale a decir que prefiero seguir con los ojos, fijamente, las infinitas vueltas que da la cucharita que tengo aferrada a mis dedos, dentro de una blanca taza de café.

Y entonces se va mascullando no sé qué de los argentinos y de sus raras maneras de comportarse en el extranjero.

No me interesa.

Prendo un cigarro.

He perdido tanto tiempo en mi última semana montevideana que no pienso que pueda ocasionarme ningún daño añadido el gastarme otro cigarro.

Pero pienso mal.

En seguida se acerca el mozo simpático y me advierte que ya me ha hecho la habitación y agrega que tuvo que apurarse, que es joven y que tiene muchas cosas que hacer por delante, que él piensa que no es bueno que los jóvenes que tienen muchas cosas para hacer por delante anden perdiendo livianamente su valioso tiempo.

Tiro el cigarro por la ventana.

Y me voy.

Soy joven y tengo muchas cosas que hacer por delante.

Hoy no puedo fallar.

Y, a decir verdad, no fallé.

Solamente ocurrió que ocurrió algo peor.

Algo muchísimo peor.

Ando por las calles como distraído. La poca gente, el mucho polvo. Todo me parece nuevo o recién nacido.

Y así como existen los presagios funestos, también existen presagios de los otros. Casi los puedo palpar. Me convenzo ciegamente de que hoy será por fin el día señalado o que ya no habrá ningún día más para mí en esta bendita ciudad.

Y aunque en ese momento yo me haya agarrado fuertemente de la primera parte de la proposición que acabo de escribir, ahora, que ya ha pasado lo peor, tendría que reconocer que la proposición no estaba del todo equivocada; sólo se trata de que la segunda parte de la misma fue pensada como al descuido, sin darle mayor importancia, más como forma retórica que como contenido. Tendría que reconocer, también, que me podría ir bastante mejor en esta vida si atendiera un poco menos a las formas retóricas y un poco más a los contenidos.

Pero bueno, las enseñanzas que deja la experiencia parecen llegar casi siempre demasiado tarde.

Sigo caminando distraído.

En esa maquinaria casi angelical de transporte es que llego ingenuamente hasta la mismísima casa de Mariquita Sánchez de Mendeville, viuda de Thompson. Y toco a su puerta. Es sabido que la ingenuidad no es otra cosa que una enfermedad juvenil a la que sólo se la puede sanar con el transcurso del tiempo y de las sucesivas derrotas.

—Buenos días.

—Buenos días.

—Lo esperábamos a la hora del té.

—Me adelanté un poco.

—No lo lamente, eso solamente les ocurre a las personas demasiado impetuosas, a las personas demasiado jóvenes.

—Muchas gracias.

—Adelante. Mi señora me comentó que está de paso hacia Río de Janeiro y Europa. Me dijo que iba a entregarle algunas cartas de recomendación para presentarles a nuestros amigos de por aquellos lugares.

—¡Ah!

—También me comentó que debido a su inmensa simpatía se permitió una visita a Pocitos en día viernes. Realmente lo felicito, pocos han conseguido antes un tratamiento semejante.

—Otra vez muchas gracias.

—No es nada.

—Si le parece vuelvo más tarde.

—De ninguna manera. Será un honor compartir el almuerzo con quien ha conseguido tanto y con quien seguro conseguirá mucho más. Me ha dicho mi mujer que espera llegar algún día a la presidencia de su país.

—Bueno...

—No sea modesto hombre, lo conseguirá, todavía es más joven de lo que lo había imaginado después del relato de Mariquita y, de cualquier modo, creo que es bastante más fácil lograr la presidencia de su país que obtener de mi esposa una visita a Pocitos entre semana.

—No todos los días me siento tan joven, señor cónsul, no todos los días.

—Pase, por favor, y déjese de estúpidas humildades. Estamos entre caballeros.

—Seguro.

¿Qué podía decir entonces o qué puedo decir ahora? Nada.

O quizás algo.

Algo que se parece demasiado, para mi gusto, a las típicas perogrulladas federales: una vez que uno se ha hecho viejo sin querer, yendo o viniendo de Pocitos, es al cuete que se levante al día siguiente pensando ingenuamente que la vejez se borra solamente con una repentina erección juvenil montevideana.

Al cuete.

¿Qué podía hacer entonces o qué puedo hacer ahora? Dos posibilidades:

Entrar mansamente a la casa o batirme inmediatamente a duelo con el cónsul Mendeville.

Pero, ¿qué culpa tenía o qué culpa tiene el pobre hombre de que yo haya sido tan viejo o tan imbécil? ¿Qué culpa tiene el cónsul de amar a su propia mujer?

Ninguna.

Por eso.

Entro.

Y almuerzo.

Y me río amablemente con los dos.

Y recibo las famosas cartas de recomendación.

Me porto como un verdadero caballero, esperando con alguna ansiedad a que lleguen los postres y con ellos el final de mi última derrota uruguaya.

Pero no.

Todavía faltan más derrotas.

Siempre faltan más.

Les explico que adelanté mi visita a su casa debido a que he decidido seguir viaje hacia el Brasil en el día de mañana, que tengo que dejarlos, que como podrán imaginarse me quedan todavía bastantes asuntos por arreglar en la ciudad durante esa tarde.

¡Para qué!

El cónsul me dice que me entiende perfectamente, que es muy bueno que cuando uno ha decidido salir a viajar por el mundo no quiera detenerse definitivamente en el primer sitio que se le presenta en su ruta, ni siquiera si ese sitio es un sitio tan cálido como Montevideo; que aprueba absolutamente mi decisión de marcharme y que comprende que tenga la tarde ocupada. De todas maneras, agrega para mí del todo desagradablemente, él cree que quizás yo pueda hacerme con algún tiempo sobrante para ellos por la tardecita.

Me sorprende y, en medio de mi sorpresa, sólo atino a decirle que no sé si podré y él me asegura que aquel que no sabe en realidad si podrá, generalmente es aquel que se apura a hacer todo lo que tiene que hacer por la tarde e inventa de donde sea algún tiempo final en la tardecita para dedicárselo a los afectos.

Y yo me quedo en silencio.

En silencio y pensando que por algo este grandísimo hijo de puta es el cónsul de Francia en el Río de la Plata.

—Muy bien, entonces. Lo esperamos en el café del puerto. Hay ciertas habilidades de un amigo de usted que no me gustaría perdérmelas bajo ningún concepto.

—Pero...

—Pero nada. No se ponga así. No se me va a caer ningún título por ir a ese miserable café si es que lo hago en tan buena compañía. No se preocupe. Para mí será un verdadero placer.

—Está bien.

Está bien que ese hombre sea lo que es y que comparta la cama con la mujer que la comparte. Y está bien que yo sólo sea un simple marinero argentino de lo más feo y de lo más pelado.

Estoy de vuelta.
De lo de Mendeville.
Y del puerto.

Pasé por el muelle y todo hace suponer que mi agonía uruguaya va a ser bastante corta: mañana mismo al mediodía parte un barco con dirección a Río de Janeiro.

Voy a empacar mis escasas pertenencias y salir a las calles a hacer lo que pueda por conseguir que Dalmacio Vélez se preste nuevamente a representar sus raras habilidades esta misma noche.

Aunque para ser del todo justo, creo que además de estar geográficamente de vuelta en el hotel, también estoy de vuelta de mis más caras ilusiones juveniles.

Y porque sé perfectamente que ocurre siempre que los vecinos recién aparecen con los baldes de agua cuando nuestra casa ya se nos ha quemado, es que no sé si escribir que lo que acaba de ocurrirme es un milagro, o, simplemente, se trata de una nueva derrota que sumar a las muchísimas derrotas de este día o de esta semana o de este mes o de este año.

O de toda mi vida.

No sé.

Pasó que cuando salía hacia lo del ex amigo Vélez, escuché por ahí que una voz varonil de lo más familiar me gritaba que me detuviera, que por favor, que para qué salir cuando lo que buscamos lo tenemos adentro mismo de nuestra propia casa. Y me detuve a pesar de que sabía que no iba a poder tolerar un nuevo desplante hotelero. ¿O quizás me detuve por eso?

Pero no.

El joven no hizo más que entregarme un papel medio sucio y se fue sin molestarme por donde había venido.

El papel decía:

"Tengo el agrado de invitarlo a una velada champañera de despedida en un lugar cerca del puerto que los dos conocemos sobradamente. Por favor, mi buen amigo, invite usted a quien se le ocurra invitar.

"Un abrazo,

Dalmacio."

Y en verdad no sé si se trata de un milagro o de otra desgracia. La tarde dirá lo que tenga que decir. Yo no digo más.

No me siento con ánimos ni tengo el más mínimo interés en ponerme ahora a lucubrar ninguna respuesta ingeniosa a mis muchísimas preguntas.

Sólo tengo ganas de morirme de amor y de ganas insatisfechas de retozar un poco junto a Mariquita.

De eso.

Llego un poco tarde a la cita.

Y con los ojos todavía colorados.

Pero claro, ni una cosa ni la otra parecen importarle a mis contertulios. Por lo que se puede observar a simple vista, ya deben ser varios los corchos que han ido a parar certeramente a la cabeza del camarero.

Tomo asiento.

Tengo sed o quizá sólo se trate de que tengo unas ganas infinitas de recargar los litros de lágrimas que derramé por esa mujer menuda que ahora se está riendo a los gritos justo enfrente de mi vejez. Evidentemente, o bien Dalmacio posee algún don especial que provoca la exagerada hilaridad femenina o bien Montevideo está poblado de hembras excesivas.

Pido una copa y me la bebo de un solo tirón. Con ganas de que con la ayuda del trago se me escurra la noche y la última lágrima. Pero no lo consigo y vuelvo a llenarme el recipiente y a apurarlo apenas lo lleno.

Y así sucesivamente.

Hasta que un pie que conozco, o mejor dicho, que amo, me patea desordenadamente por debajo de la mesa.

Miro hacia los ojos de donde provienen las patadas y escucho que Mariquita me pide que la ayude, que aquellos dos ancianos se han aliado en su contra, que por favor. Y le digo que sí, que por supuesto, que estoy completamente de acuerdo con ella, que pida, nomás, otra botella.

No, no, me dice entre risotadas, se trata de un asunto más importante. Le digo que no creo que pueda existir un asunto mas importante que el pedir otra botella, pero que si traen otra botella, no voy a tener ningún problema en ponerme de su lado y en contra de aquellos dos ancianos en el asunto que sea.

La traen.

Y el abogado cordobés acierta su blanco sin mayores dificultades también esta vez.

Me lleno la copa y pregunto que de qué se trata.

Y la dueña de las más hermosas cinco docenas de rizos castaños con olor a champaña que haya visto en mi vida y que quizás vaya a ver jamás en lo futuro, me explica que de lo que se trata es de que aquellos dos ancianos piensan, y encima se animan a decirlo públicamente, que no es bueno que las mujeres, y menos cuando ya sobrepasan largamente cierta edad, se anden ciñendo tan apretadamente los pechos.

Vacío la copa.

Y la vuelvo a llenar.

No es que no sepa qué responderle, es que sé demasiado bien lo que voy a responderle.

Me dice que está esperando y yo me tomo mi tiempo para bajar la copa. No tengo ningún apuro ni tampoco creo que mis contertulios lo tengan.

—Discúlpeme, señora, pero me parece que anda faltándole otra botella a esta mesa. Supongo que usted no esperará que un hombre de mi edad se anime a dar una respuesta galante en condiciones tan desérticas como las actuales.

Dice que supone que no, y que para demostrarlo, ella misma se encargará de pedir la botella que le anda faltando a mi galantería.

La traen, se hace el consabido silencio, el corcho da consabidamente en donde tiene que dar, y yo no tengo más remedio que decir lo que pienso: digo que los pechos son cuestiones que sólo crecen en los cuerpos de los mamíferos femeninos, y que por eso, me parece muy de ellos el decidir si ceñirlos o no ceñirlos; lo que me parece también, agrego casi sin darme cuenta, es que a estos señores o le sobran años o les falta coraje, o quizá, sólo se trate de que aun siendo jóvenes, al ser por demás educados no se animan a desgarrar las vestiduras de las damas ceñidas en el momento preciso en el que las deben desgarrar.

Y se hace un silencio en la mesa que por esta vez no tiene absolutamente nada que ver con las capacidades malabarísticas de uno de sus integrantes.

Se hace un silencio que yo aprovecho, también silenciosamente, para cargar hasta el tope mi vacía copa de champaña.

Me la bebo de un trago y me levanto. Les miento que muchas gracias por todo, que han hecho muy feliz mi corta estancia en el Uruguay, pero que de todas maneras mañana por la mañana tengo que abordar el vapor que me llevará a Río de Janeiro; que no tengo más tiempo, aunque me sobren deseos, de esperar a que el doctor Vélez yerre finalmente su tiro, que por lo que se ve, el señor está de lo más inspirado esta noche, que no se molesten, que puedo salir solo y que de veras los voy a extrañar profundamente, que espero verlos al regreso y, de nuevo, que muchísimas gracias por haberme brindado su desinteresada amistad tan desinteresadamente, que nunca los voy a olvidar y que adiós.

Se levantan y me saludan.

Me voy.

Me voy llorando.

Con la absoluta certeza de que en esa mesa dejo a la única mujer capaz de despertarme de todos mis sueños.

Con la absoluta certeza de que, a falta de mejores perspectivas amorosas, seguiré soñando estúpidamente con la presidencia por unos cuantos años más.

Y aquí estoy.

Llorando.

Rodeado de infinitas cartas de recomendación y de infinitos "Facundos".

De lo más borracho que se puede estar.

CATORCE

Es domingo.

Y mañana será lunes.

Quiero decir que por donde merodean las hormigas rojas, seguramente sobra el azúcar, o, lo que es casi lo mismo, que mañana voy a cumplir treinta y cinco años de vida y que algo tendrá que ver mi desgraciada estrella con el simple hecho de que odie tanto los domingos.

Acabo de volver del puerto.

De llevar mis cosas y de que el camarero simpático me acompañe, medio a regañadientes, unos pasos atrás con más de la mitad de la edición chilena de mi *Facundo* menos algunos pocos ejemplares que quedarán para siempre, no sé muy bien haciendo qué, en esta orilla tan cruel del Plata.

Hasta los vientos parece que están en mi contra. No quieren soplar, y mientras no quieran soplar, me ha dicho el capitán del barco, no podremos partir.

Tendré que volver por la tarde para ver qué pasa.

Así que.

Estoy otra vez en la misma habitación del hotel, con todos mis bártulos literarios y, por supuesto, con el espejo incómodo justo enfrente de mi cara. Sin vientos ni amores a la vista.

Solo.

Con la fealdad y con la calvicie.

Y, encima, es domingo y mañana cumpliré, finalmente, treinta y cinco años de derrotas.

No he sido un buen marinero.

Está claro que si vuelvo a esta bendita ciudad, por una de esas desagradables circunstancias que nos presenta a veces la vida, muy en contra de nuestras más íntimas voluntades, ninguna mano femenina estará agitando con algún entusiasmo un pañuelo blanco en el muelle.

Ninguna.

Y pensar que yo pensaba que Montevideo podía ser el lugar en donde terminaran para siempre algunas de mis muchas tristezas y empezaran todas las alegrías.

Y pensar que yo pensaba que Montevideo era el lugar ideal para olvidarme definitivamente de mis viejos sueños juveniles o para anclarme drásticamente en la realidad sencilla del amor a una mujer de infinitos rizos castaños y de dulces pechos saltones.

Y pensar.

Aunque por ahí, como lo dio a entender tan gráficamente Mariquita, mi gran angustia anciana pase por el exceso de pensamientos o por el defecto de no poder conseguir el poner esos excesivos pensamientos a trabajar.

¡Basta de pensar!

Veamos qué nos depara la comida de este hostal inmundo en un domingo que nació con una innegable vocación dominguera.

Veamos.

Por supuesto.

No podría haber sido de otra manera.

Había sopa de arroz.

Pero me la tomé toda. Tranquilamente. Sin ningún apuro. Se ve que el domingo es el día en que el imbécil no trabaja, o bien, el domingo es el día en que el imbécil se esconde para que los clientes del hotel no se le arrojen ansiosamente a los brazos y lo besen con alguna babosidad.

Después vino un pollo con ensalada.

Y manzanas de postre.

No está bien. Lo sé perfectamente. Pero tampoco está tan mal.

Dadas las circunstancias, creo que podría haber sido bastante peor de lo que fue.

Estoy de nuevo en mi habitación.

Cansado de mirar por la ventana a ver si aparece por fin algún viento salvador.

Pero nada.

No aparece nada.

Y me pregunto si todas estas serán piedras que Dios me pone en el camino para probarme.

Pero me respondo que no.

Que no se trata de Dios ni se trata de absurdas piedras en el camino. Que seguramente sólo se trata de que estoy mirando desesperado por la ventana a ver si por una de esas putas casualidades climatológicas sopla, aunque más no sea, una leve brisa que alcance para que mi infortunado destino personal se mude de una buena vez de paisaje.

Y no sopla nada.

Creo que tendría que considerar seriamente la posibilidad de que se me haya terminado la cuota de milagros orientales que tenía asignada para este viaje.

Cargo nuevamente la maleta.

Atrás me sigue, creo que bastante enojado, mi buen amigo camarero con el paquetón de libros chilenos. Pero por desgracia para mí, aunque con algo de suerte para el joven, no alcanzamos a llegar hasta el muelle. Me encuentro con el capitán del barco en la puerta de un café todavía más asqueroso que aquel tugurio en donde he pasado mis mejores y mis peores momentos uruguayos.

El buen hombre me trata de explicar, desde los vahos del alcohol que se le mezclan por entre los razonamientos, que no, que no hay vientos suficientes, que vuelva mañana a mediodía, que si quiero me invita a una ginebra, que así es la vida de los mares, que por qué tantos libros, que lo lamenta por el muchacho y que también lo lamenta por el que los escribió.

Y, para no pegarle la trompada que desde luego se merece, emprendo la retirada escuchando el eco de los murmullos desaprobatorios del mozo que me sigue, acarreando malamente los *Facundos*.

Me esfuerzo: le digo que mañana será otro día, que no hay que perder las esperanzas. Pero él me contesta que lamentablemente todavía es hoy y que le pare-

ce que si los libros siguen engordando de esa extraña
manera, mañana necesitará, para poder llevarlos a buen
puerto, de alguna ayuda física que añadirle a mi in-
agotable optimismo.

No le respondo.

Es un día de mierda y en días como éste no vale la
pena esforzarse.

No vale la pena.

Ya es de noche.

La noche de la víspera.

Llueve.

Y me pregunto, tratando de mirar para cualquier otro
lado que no sea el lado en donde está ubicado el odioso
espejo, si tendré que volver, a falta de mejores oportu-
nidades, a soñar mis recurrentes y ancianos sueños pre-
sidenciales.

En verdad, creo que he vivido desde que me acuerdo
con esos sueños; entonces, me escucho decir en voz
alta mientras miro caer la lluvia por la ventana como un
tonto soñador, no tendría por qué resultar tan difícil seguir soñándolos por unos cuantos años más.

No tendría.

Desde luego que no tendría, me escucho repetir al
rato pero ya sin atender a la lluvia de detrás de los
cristales de la ventana sino a la cruda realidad del espejo ovalado; lo difícil es tener que volver a ellos después
de haber soñado otros sueños mucho más jóvenes. Volver a ellos porque no me queda ningún otro sitio soñado
adonde poder volver alegremente.

Todo me parece gastado, deshilachado.

Mi rostro, mis sueños políticos, la noche de la víspera, la lluvia y hasta el espejo, me parecen gastados. Deshilachados.

Recién en este momento me doy cuenta de que casi no alcanzo a reflejarme en el espejo. El pobre está completamente descascarado y negro y sucio. Como lo está la noche.

O mis mejores sueños.

¿Ser presidente después de no haber conseguido ser un buen marinero? ¿Intentar convertirme en el mejor marinero que haya pisado jamás las tierras brasileñas para así volver a creer que los viejos sueños no están del todo gastados? ¿Ir a casa de los Mendeville a reclamar deshilachadamente lo que nunca llegó a pertenecerme?

No sé.

Estoy seguro de que no puedo ir a reclamar nada a la casa del cónsul y también estoy seguro de no querer ser el mejor marinero que haya pisado jamás las tierras brasileñas.

De lo que no estoy tan seguro, tengo que reconocerlo, es de no querer ser algún día presidente.

Por lo tanto.

Decido bajar al vestíbulo a beber alguna copa.

Bajé.

Y bastante después subí.

Como pude.

Había una ginebra suave.

De lo más traicionera.

Y pasó lo que tenía que pasar; pasó que sin apuntar siquiera con algún esmero, expulsé con mi pequeño dedo meñique sanjuanino el primer tapón hacia el centro mismo de la cabeza del amable muchacho que me servía. Aquel acierto provocó la risa del joven y el acercarse curioso de otros varios ayudantes del hotel.

Y hubo, por supuesto, bastante más tapones y más risas.

Aunque es cierto que también hubo un largo discurso mío sobre la imposibilidad humana de realizar el amor humano y otro extenso parlamento, también a mi cargo, acerca de las serias dificultades que conlleva el infectar de política nuestra mayor privacidad, es decir los sueños.

Pero nadie es infalible y yo desde luego no lo soy.

Mientras me hallaba apenas iniciando en voz alta una grave reflexión alrededor de las endiabladas relaciones que establecen los espejos ovalados sudamericanos con la redonda cultura occidental; alguien me alcanzó una nueva botella y, a pesar de todos mis esmeros y el silencio paciente de ellos, no le di en el centro de la cabeza a ninguno de los allí reunidos, aunque fueran más de ocho y aunque los más de ocho se agolparan muy cerca de mi grandísimo dedo meñique.

Inmediatamente todos se fueron o huyeron o se desbandaron o el verbo que mejor defina la acción de dejar de existir de los otros en el instante en que uno más necesitaba de su existencia cómplice, y, aunque yo no tenía ninguna gana de marcharme antes de acabar convenientemente con la grave reflexión que recién había comenzado, abracé la botella, como creo que por otra parte huelga decirlo, y subí calladito hasta mi habitación.

Que digan los hoteleros lo que quieran decir pero que no digan que soy un mal perdedor.

Acá estoy.

Otra vez en la habitación.

Sigue lloviendo y todavía me queda más de un cuarto de botella para vaciar.

Ya la vacié.

Y sigo estando acá.

Ni tengo el más mínimo deseo de escribir, ni tampoco creo que sea del todo sano que escriba nada más.

De desear alguna cosa, creo que esa cosa se parecería bastante a otra botella de ginebra.

Pero no voy a bajar.

Todavía me queda intacto el orgullo de perdedor.

Mariquita...

III

"Allor fu la paura un poco queta
che nel lago del cor m'era durata
la notte ch'i' passai con tanta piéta."

DANTE, Canto I del *Infierno*

QUINCE

Hoy cumplo treinta y cinco años.

Y ando necesitando, por lo menos, del regalo de algún viento que me lleve por ahí a disimular tanto fracaso, tanta fealdad.

A disimular tanta falta de pelos y de patria.

Pero tendré que ser fuerte y hacer algún esfuerzo de ganas por sobrevivir. Tendré que escribir y no detenerme a mirar para los costados.

Amaneció nublado y, si hace falta mentir, habrá que mentir. Ni la muerte le hace algún bien a la vida, ni la tristeza es un buen alimento para los adultos.

Mejor les escribo una carta a los amigos chilenos; las cartas tienen eso de la distancia, tienen eso de la mentira incontrastable.

Amaneció de lo más oscuro esta mañana.

Montevideo, 15 de febrero de 1846

Señor Dn. Juan María Gutiérrez, Piñero, Peña y demás amigos de Valparaíso:

Antes de todo, preciso es que sepan ustedes que no es seguro el buque anunciado para Valparaíso; que hoy estoy aún en tierra por falta de viento para salir para Río de Janeiro y que me reservo escribirles largo desde allí.

Esto es sobreentendido: yo me lo paso admirablemente y he sido acogido aquí como persona que algo valiera gracias a tanta oficiosidad de ustedes.

En el momento de desembarcar me eché encima al viejo Vélez que andaba "flaneando" por el muelle, mi mejor amigo un minuto después; disputamos eternamente, y le llamo "tío Vélez" a causa de llamarle así unas lindas sobrinitas que me ha hecho conocer.

La señora Mendeville, por unas palabras de Gutiérrez me hizo procurar, nos hicimos tan amigos, pero tanto, que una mañana solos, sentados en un sofá, hablando ella, mintiendo, ponderando con la gracia que sabe hacerlo, sentí... Vamos, a cualquiera le puede suceder otro tanto, me sorprendí víctima triste de una erección, tan porfiada que estaba a punto de interrumpirla y no obstante sus sesenta años, violarla. Felizmente entró alguien y me salvó de tamaño atentado. Esto es sólo para ponderarles nuestra amistad. Me ha atosigado de cartas de recomendación.

La guerra marcha soberbiamente. Hace siete días nos tomaron 130 infantes, todos orientales, jóvenes decentes aun entre los soldados. Una gauchada de Flores y no fusilarlo a este pícaro. Urquiza, Mansilla y Servando se han echado sobre el general Paz con 8 a 10.000 hombres contando con que aquél sólo tiene sus 5.000 correntinos. Pero, ¡oh prodigio! diez mil paraguayos, pagados a 21 patacón por soldado, habían llegado al campamento de Paz, tirando 12 piezas de artillería. Están además a sus órdenes, tres vapores, seis buques de guerra paraguayos y diez o doce franceses e ingleses.

A Peña, que le mando una carta que algunos amigos se interesaron en que publicase aquí. Que en el Comer-

cio del Plata ha de encontrar tres que le soplé a Rosas en contestación a sus insultos, unos versos de Magariños y no sé qué otras cosas; que publique de todo esto lo que juzgue conveniente.

Vaya, no sean molestos; les escribiré largo de Río de Janeiro.

Díganle a todos que no piensen venir sino los que quieran ir al Ejército de Paz, donde da grados hasta de coroneles para los paraguayos. Aquí no hay de qué ocuparse todavía.

De ustedes amigo

Domingo F. Sarmiento.

Una vez, hace de esto ya unos cuantos años, me contaron una anécdota de Juan Facundo Quiroga que vaya a saber uno por qué extraños mecanismos se me echa sobre la cabeza justo en este pálido momento. Pero por escribir algo y no mirar más a los costados, me parece que es lo único que tengo medianamente a mano a la hora de intentar sobrevivir dignamente entre tantos nubarrones y tanta carencia de vientos.

Le habían llegado al comandante algunos informes acerca de que un caballero cordobés andaba rondando a su amada y que su amada no ponía demasiados reparos en terminar de una buena vez con esos rodeos. Entonces Quiroga mandó llamar al mozo de aquel caballero y en su presencia escribió sobre la tierra: Dele a éste unos 100 azotes. Miró al joven fijamente a los ojos y le ordenó juntar el mensaje y llevárselo a su lugarteniente para que lo hiciera efectivo sobre la espalda de su propia persona. Recomendándole, también, que le aconsejara a su señor el partir lo más rápido que le fuera posible de la ciudad porque, la próxima vez, los azotes iban a ser para él.

El mozo, que no era nada lerdo, extendió sobre el piso una manta, la cargó con la tierra en donde estaba inscripta la orden y se la llevo al lugarteniente. Ante éste, vació el contenido marrón que acarreaba y le informó, de muy buenos modos, que eso se lo enviaba el comandante Juan Facundo Quiroga. Y aprovechándose de la perplejidad del secretario, inmediatamente salió del lugar y convenció con bastante facilidad a su señor de partir cuanto antes de aquella peligrosa ciudad.

No sé lo que tenga que ver esta historia con un amanecer tan negro.

No lo sé.

Y prefiero no internarme en ningún tipo de reflexión sobre la mente ni sobre los endiablados mecanismos simpáticos.

Hoy cumplo treinta y cinco años.

Y aunque sigue de lo más nublado, quizás el viento sople de acá a un rato.

Mejor me voy para el puerto.

Montevideo se parece cada vez más a mí.